崇賢館

崇賢善本

崇賢善本

癸巳仲夏京師崇賢館刊

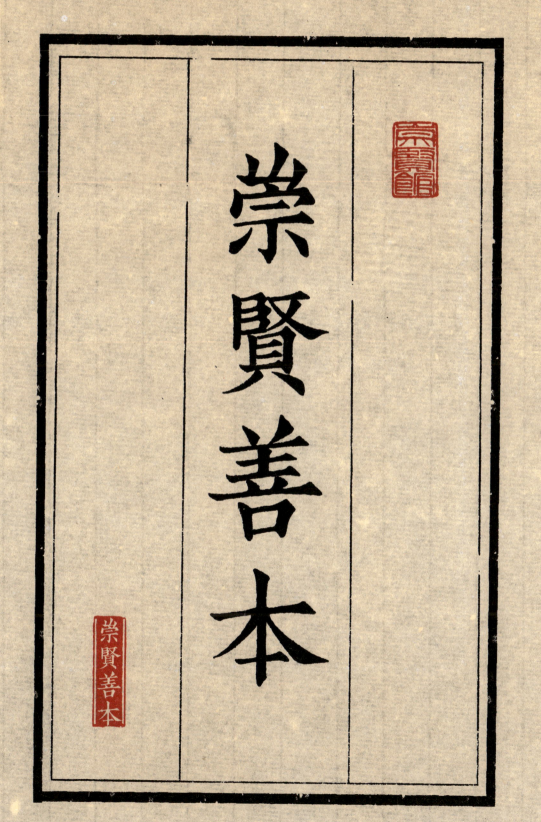

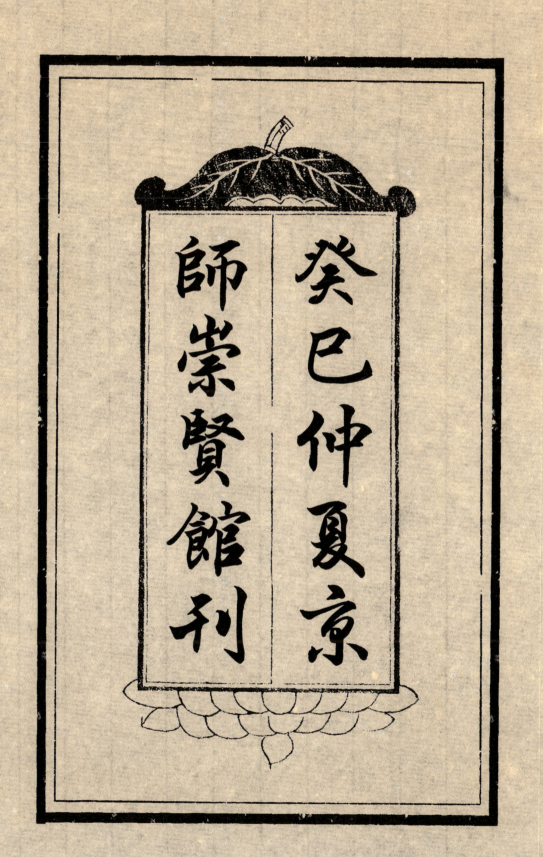

崇賢館記

崇賢善本

太初混沌、盤古開天闢地、斗轉星移、萬象其命維新。炎黃先祖、崛起東方、篳路藍縷、以啓山林。華夏文明、源出細水涓涓、日夜不息、匯爲浩浩江海。上古有河圖洛書之說、先民有結繩書契之作。自夏商以降至於隋唐、我先人以玉飾、甲骨、鐘鼎、簡牘、碑碣、帛書、刻錄文明、歷程纘續、堯舜禹湯、文王、周公、孔子諸聖賢道統、斯文郁郁、盛世生焉。

至唐貞觀間、太宗爲繼往聖之學、風厚生之化、開太平之世、始設崇賢館、任學士、校書郎各二人、掌管經籍圖書、並教授諸生、光陰箭越千年、二十世紀尾聲、有諸同道矢志復立崇賢館、旨於再造盛唐輝煌。興廢繼絕、金聲玉振、集歷代之英華、樹中天之華表、以最中國之形式、再現最中國之內容。俾言簡義豐、溫厚和平、墨香紙潤之中國書卷文化福澤今日之世界。復立伊始、茫茫求索、久立而有待來者。漸至天下翕然而慕國學。當是時、幸得國學之師季羨林、啓功、馮其庸、傅璇琮及著名文史學家毛佩琦、任德山、余世存、國藝方家王鏞、林岫等諸先生擔當學術顧問、肩荷指點迷津、遙斷翼軫之重責。

先賢典籍流傳，粲然可見。北宋一朝，蔡倫高足安徽宣城孔丹，創棉白佳紙，宣紙因而得名。中國造紙術隨後惠澤東西方文化傳播。宣紙典籍體輕而久壽，逐漸引領版刻盛行。宋版之精嚴而高貴，元版之景宋而厚重，明版之繁盛而不齊，清版之集古而爲新。今崇賢館，志承歷代版刻精髓，精研歷代善本風貌，礪成鑄鼎之作，曰，崇賢善本。其館刊典籍，涵蓋經，史，子，集，四部精華，並書畫真跡，碑刻拓片，及今人解經，學人蹊徑。可謂，囊經天緯地之道，攬修身齊家之學。堪爲現代收藏之冠冕極品，亦爲今人重塑私德之權威善本。

崇賢善本，誓循宋代工藝。選安徽涇縣，有紙中黃金美譽之手工宣紙製作。裝幀集材，綾面絹簽，沿襲古法，雕版琢字，均出名典，莊重雅致，古色生香。考工記云，天有時，地有氣，材有美，工有巧。斯乃術工與藝術俱臻高妙之境界，書卷文化之真精神。洋裝書雖彌漫當際，崇賢善本卻能卓爾不群。魯迅先生曾有比喻，洋裝書拿在手裏像舉磚頭，遠不如看綫裝書方便。中華先烈，文稱風騷，武崇儒將，書卷之氣爲其獨有之美。然不讀綫裝古籍，難鑄高華之美。綫裝書卷在手或坐或臥思緒如泉潺潺不斷心性高貴至極卻不顯一絲張揚是故崇賢館十數年如一日竭誠舉倡重構綫裝中國國學進入生活尋常百姓之家當見縹囊飄香廣厦重閣之府更是卷盈緗帙隨手展卷有人倫之準式傳世之華章賢人之嘉言生活之寶鑒人人可漱六藝之芳潤可浸高古之氣華

朝代依序更迭時光似川流逝次第顧尋鼎食深院閭閻人家皆門書禮儀傳家久詩書繼世長國學經典連綿千祀然而形殊勢禁古今不同失之毫釐謬以千里時人執捧國學然忌入玄玄歧途惟汲納百家之長融鑄方以補天勿忘戊戌維新之殤是爲殷鑒彙通儒家之禮樂規章道家之取法自然佛家之修心禪定法家之以法治國兵家之正合奇勝加之國藝國史深研修行方能據於德依於仁游於藝經世致用知行合一退可以善道進可以兼濟高品生活人所共求今人之所憂嘆先哲業已冥思而開示吾輩俯仰間應崇聖賢者欣欣然咏而歸之樂也

展觀宇內商潮必資乎文明方能發五色之沃釆惠億衆之福祉古往今來熙熙攘攘者道統孰繼崇賢館倡言新國學新閱讀新收藏新體驗同仁塑夢終

期館內、垂髫幼童讀書琅琅、舞象少年飛文染翰、窈窕淑女繪綉撫琴、域內外大雅鴻儒、絕藝名家、群賢畢至、於斯爲盛、再拜天下之甘爲中國傳統文化推廣者、播仁普智、勵勇、可喜可嘉。漫漫長路、舉足爲始。崇賢館主李克敬敘宗旨。沐浴執筆、壬辰中秋記於京華。

總序

奉獻給讀者的這套《中國歷代文選》叢書，是中華民族優秀傳統文化的生動展現，是學習瞭解和領略品味中國古代思想文化精華的便捷讀物。

如所周知，散文是人類文化的重要載體和備受青睞的文學樣式，是人們社會實踐活動的理性升華和思想情感交流的智慧結晶。散文的發生歷史久遠，而其創作有兩種基本的表現形態：口頭言説與文字寫作。前者多以口耳相傳的形式存在，後者則以固定文字流傳。未有文字之前，即有口頭創作；創明文字之後，寫作成為主流，部分口頭作品也被記錄為文字，形成語錄體散文。縱觀世界各國、各民族的散文，各有不同的風格與特色，而其中的優秀作品，無不流傳廣泛，影響深遠，成為全人類共有的文化資源和珍貴的精神財富。

中國古代散文有着鮮明突出的民族特色。首先是歷史悠久，源遠流長。遠古的口頭創作且不論，僅據至今流傳的文字文本《尚書·虞書》推斷，至少經過了五千多年的發展，而且其間綿延持續，未曾間斷，從先秦諸子百家到清代桐城流派，前呼後應，相繼不絕，創作熱潮和藝術流派層出不窮，頻頻湧現。

其次是內容廣博，思想深刻。中國古代散文以人為本，既立足實際，貼近生活，又反映社會，體現時代。作品或記言記人、敘事説理，或寫景抒情、傳道明心，大到宇宙空間、社會人生、安邦治國的哲學思考和理論探討，小至丘園華屋、山水草木的啟發聯想和細膩纏綿，無不包容涵納。同時，又以「經世致用」、「泄導人情」、「務為有補於世」為基本遵循，重立意、重學養、重識見，探索學術，創新理論，化育社會，傳承文明，賦予作品深刻的思想性和很強的文獻性。其自強不息、厚德載物、愛國憂民的民族精神，「日日新又日新」、與時俱進、創新求變的時代精神，在在皆是。

第三是體式繁多，藝術精美。中國古代散文的創造性、開放性和變化性特點十分突出。散文作品大都因事而成文，篇成而體定，與時變化，適用為本，十分自由和靈活，呈現出文無定式、體無衡規的局面，不同時期的散文有着不同的表現形態。故散文的體裁樣式繁多，無體不備。其藝術表現，則求善求美，注重藝術境界和美感效果。作者充分運用漢語言文字的自身特點，從音韻到形態，從句式節奏到章法結構，追求語言美、結構美和意境美，追求散文整體藝術的沖擊力、感染力和持久生命力，使散文作品「辭達」、「意勝」、「味厚」「韻濃」，風格多樣，异彩紛呈。至如散文大家層出不窮，群星璀璨；名作如山如林，千古傳頌；散文理論之系統全面（參見復旦大學王水照教授編《歷代文話》十巨冊），作品影響之廣泛深遠，則更不待言。

總之，中國古代散文重內容、講藝術，不僅意境新，辭彩美，而且哲思灼見，議論英發。

其關切社會民生、謀略國家發展，「憂以天下、樂以天下」的思想境界，其精於結構、善於創新，奇思妙語、深情幽趣的藝術腕力，無不令人讚歎！古代散文對於創新思想、治國理政和文化傳播，對於精神塑造、道德培養和情操陶冶，對於提高民族素質，促進社會文明，都發揮了巨大作用，贏得了「經國之大業，不朽之盛事」的美譽，成為傳統文化和主流文化的代表，雄居文壇、一統獨尊。由此，中國也成為世界上散文創作時間最久、作品數量最多、民族特色最鮮明的散文大國和散文強國。

學習和弘揚民族優秀文化，是時代發展和文化建設的必然要求。中央文史研究館館員、中華書局原總編輯、清華大學文獻研究中心主任傅璇琮先生精心設計和策劃了這套《中國歷代文選》叢書，并介紹和推薦筆者作為叢書主編。傅先生曾編有《中國古代散文精選註釋》叢書，按文體分為哲理、記敘、史傳、抒情小賦、游記、書信、筆記、序跋共八册，二〇〇九年由清華大學出版社出版。現在的這套《中國歷代文選》叢書，以歷史朝代為序，分為先秦文選、兩漢文選、魏晉南北朝文選、唐代文選、北宋文選、南宋文選、元明文選、清代文選八册，由崇賢館世紀文化傳媒有限公司策劃出版。兩套叢書，各有特色。

《中國歷代文選》叢書依次由上海大學林建福教授、清華大學馬慶洲編審、北京大學傅剛教授、西北大學李浩教授、全國哲學社會科學規劃辦公室楊慶存教授、中國社會科學院毛雙民研究員、中華書局駢宇騫編審分別擔任各卷主編。

文章選編是我國傳承數千年的優秀文化傳統。它既是廣泛傳播文學精品和普及文化教育的重要渠道，又是豐富人們精神生活和提高民族整體素質的有效途徑，既是開展學術研究、表達學術見解的一種方式，又是探尋文化發展規律、創新民族文化的重要基礎。孔子選《詩經》且有「不學詩無以言」的聖訓，蕭統編《文選》致有「文選爛、秀才半」民諺且至今為顯學，這在中國文學史、文化史乃至學術研究史上發生的巨大作用，眾所周知。宋代甚至把文章選編作為國家文化建設、培養士子人才、淳樸民風民俗的重要手段，作為仕宦官吏學習歷史、借鑒經驗和提高理政才能的重要途徑，傾國家之力組織編輯《册府元龜》、《太平御覽》、《文苑英華》這樣規模宏大的高典大册。明清時期的《唐宋八大家文鈔》、《古文觀止》、《唐詩三百首》等等，都是家喻戶曉、婦孺皆知、影響很廣的選本。近代以來的作品選編，更是目不暇接。毫無疑問，這對豐富人們日益增長的精神文化生活需求，對於提高全民族的文化素養與文明素質，對於弘揚中華民族的優秀文化傳統和建設新文化，都具有不容低估的重要意義。

希望這套《中國歷代文選》叢書，能在學習與弘揚中華優秀傳統文化、提高民族文化素養與光大民族精神方面，在體現文化自覺、增強文化自信、促進文化自強方面，在響應文化強國戰略、建設優秀傳統文化傳承體系方面，發揮些許作用。叢書是群體友好合作的文化成果，其中訛誤與不妥善處在所難免，敬請大家批評指正。

楊慶存

二〇一二年十二月十六日

北宋文選

第一册

楊慶存 楊靜 編選

北京聯合出版公司

前言

——北宋散文的發展軌迹

中國古代文化歷經數千年發展演進，造極於兩宋（九六〇—一二七九）。由此拔萃而出的宋代散文，「抗漢唐而出其上」[1]，「軼周秦」而「冠前古」[2]，成就卓越輝煌，爲世艷稱，大量名篇，盛傳不衰。縱觀宋文發展，歷經北宋前期、北宋中葉、南渡前後、南宋中期、南宋末期五大階段，其間散體、駢體語體多元共存，并相互促進與融合，而衆多流派，异彩紛呈，繁榮生衍，至於作家作品、名家名篇，更是數量空前。

宋初七十年爲前期階段，散體與駢體同步發展，且文風新變。前四十年相繼産生了以駢體擅長的五代派與力倡古文的復古派，後三十年有西昆派的崛起和古文派的抗衡。

宋朝開國以文禮興邦，前朝碩學鴻儒和文學侍臣成爲宋文的首批作家。這些作家受五代文風熏染和辭臣職責修煉，均精於駢體，其顯赫的政治地位、深厚的學養和獎掖後進的品德，吸引凝聚了一批追隨者，形成了宋代散文發展史上的第一個流派——五代派。該派注重「時務政理」，講功用，重文采，要求自然流暢。核心作家徐鉉（九一七—九九二）既重視文章的社會功用又不忽視藝術性，批評着意追求詞藻華麗而無實際内容，充分肯定音韵、華采的自然合理性。五代派作品大都氣勢雄偉，博雅富贍，富有文采。

與五代派同時出現的復古派活躍於太宗朝，柳開以輿論聲勢著於時，王禹偁以創作實績稱於世。該派一是從社會學角度倡言文風復古，旨在興儒垂教，提高全社會道德文明素質，達到社會安定與發展。二是主張社會意識與自我意識并重，既強調反映社會，又重視表現自我，體現了文學發展的新趨勢。三是倡導文道并重，崇尚平易自然、樸實流暢的文風。復古派以散體古文爲主要體式，内容表現出鮮明的社會性、現實性和強烈的抒情性。柳開（九四七—一〇〇〇）明確界定古文「非在辭澀言苦，使人難讀誦之，在於古其理，高其意，隨言短長，應變作制，同古人之行事」（《應責》）。王禹偁提出「遠師六經、近師吏部，使句之易道，義之易曉」（《答張扶書》）。名篇《待漏院記》描摹賢、奸、庸三類宰相上朝前心態思緒，褒貶規諷，理正言明，膾炙人口；《黄州新建小竹樓記》意境清雋而思致幽邃，情韵優美。

宋初兩派盡管在語言形態、美學觀念、創作習尚、宗法淵源諸多方面有很大差异，但也有很多共同點，如提倡興儒傳道、宗經樹教，聯係現實、文道并重、文風自然等，呈并行發展、相濟互補態勢。

宋初前四十年，駢體時文和散體古文都獲得發展，後三十年遂有西昆派的崛起與古文派的抗衡。西昆派宗法李商隱，貴駢尚麗。楊億（九七四—一〇二〇）主張「文采煥發」、「理道貫通」[3]，《武夷新集》四分之三是散文。晏殊（九九一—一〇五五）則「文章贍麗，應用無窮」[4]，《答中丞兄家書》談家中細事，娓娓而言，親切有味，講子女教育一段尤生動感人。與西昆派同時的古文派，強調文章經世致用，要求文風自然樸實，并試圖建立理論體系以增強影響力。穆修（九七九—一〇三二）「專以古文相高，而不爲駢麗之語」⑤，與門生李之才校訂、整理并募金刻印韓柳文集，廣其流傳。蘇舜欽論議時政、建言治國，如《論西事狀》、《上執政啓》等，皆直言警勸當軸者。總之，古文派在輿論聲勢與創作實績方面，抗衡西昆，爲古文發展興盛并超越時文，作了充分準備。

北宋中葉是宋代散文發展的鼎盛期，也是中國古代散文的輝煌期。歐陽修「以古文倡，臨川王安石，眉山蘇軾，南豐曾鞏起而和之，宋文日趨於古」⑥，文風再變，直到蘇軾仙逝，歷時八十年，乃宋文發展第二階段。該期散文發展呈現十大特點。

一是創作群體鵲起，文章流派叢集，體派交揉，而又各自名家，出現了歐蘇古文派、文章派、經術派、議論派、蘇門派、道學派等。二是散體古文進入極盛期，駢體散文經過古文大家的改造和提高，駢、散融合，以新的姿容躋身文苑，納入古文家族中，形成多體流派認同的創作思潮。三是名家叠出，珠璧交輝，「周、程以理學顯，歐、蘇以古文倡，韓、范以相業著，其它文人才士，後先相望」⑦，各以其文擅名一世。四是宋代膾炙人口的名篇如《岳陽樓記》、《醉翁亭記》、《前赤壁賦》等，都產生在這一時期。五是宋文平易自然的主導風格也在這一時期形成，「以文從字順爲至」⑧，成爲作家追求的目標。

六是解决了自南北朝即已肇端的駢、散之爭問題，確認了駢體散文應有的地位，所謂「偶麗之文苟合於理，未必爲非」⑨，尤其是歐陽修與蘇軾均「以博學富文，爲大篇長句，叙事達意，無牽強之態，而王荆公尤深厚爾雅」⑩，駢文與古文并傳。七是理順了實用與審美、「文」與「道」的關係。實用是散文的原生屬性，决定作品現實意義大小，而審美爲第二屬性，决定作品藝術生命強弱。審美後於實用，散文美學因素隨着散文發展和人類進步而逐漸自覺化和理性化。實用和審美的完美結合，成爲散文創作最高藝術境界的表現之一。北宋中葉散文正是在這一點上表現出超越前人的巨大進步。八是散文藝術表現理論開始細密化、具體化、系統化，文章的繁簡豐約、虛實關係、立意措辭等都有不同於前代的新見解。九是該期散文創作與時代思潮如疑古惑經、儒學重造等同步運行，相互激發和促進。十是該期散文創作還與當時爆發型的文化創造精神相一致，哲學、藝術等領域呈現全面創新景象，如新儒學的興起和理學名家的出現；詩詞書法繪畫的開派創新和代表宋代最高水平名家巨匠的出現等等，這些無疑都是推動和促進宋文發展的積極因素。

歐蘇古文派興於明道（一〇三二—一〇三三）而盛於嘉祐（一〇五六—一〇六三）年間，綿延於元符（一〇九八—一一〇〇）之末。該派以歐陽修爲領袖，前期古文家尹洙、蘇舜欽等鼓行其中，范仲淹、石介、孫復等積極呼應；又有曾鞏、王安石、蘇洵、蘇軾、蘇轍胥起，聲威大振；後有蘇門弟子倡明斯道；遂能持續發展八十年。此派主要作家學殖厚、素質高，創新能力強，影響深廣。

該派在爲文宗旨、文道關係、文辭關係以及對待駢文態度方面拓展推進。如歐、蘇以「百事」、「萬物」爲道，以「理」、以「事實」爲道，涵延深廣，提出「文必與道俱」、「表裏相濟」、「有道有藝」[11]。對於駢文，則從文章社會功能方面予以充分肯定，進行積極革新改造。

歐陽修（一〇〇七—一〇七二）「以文章道德，爲一世學者宗師」[12]，領導了聲勢浩大的文風復古運動。首先，他團結志欲復古者，并識拔培養了衆多文壇新秀，形成一支前後踵武、陣容強大嚴整而又各自相對自由發展的散文創作隊伍，爲宋文的長期繁榮奠定了堅實基礎。其次，他領導了文風革新復古運動，并取得巨大成功，《宋史》謂其「挽百川之頽波，息千古之邪說，使斯文之正氣，可以羽翼大道扶持人心」[13]。第三，歐陽修在文、道關係，文、辭關係，個人修養與爲文關係，道的涵延等方面，都較前人大大推進而趨於合理化、深刻化和系統化，將文、道放在平等位置，互爲依存，反對衹在文字上面花功夫，強調「期於有用」（《薦布衣蘇洵狀》），「不假浮文而冶情」[14]，顯示出其理論的進步性。第四，確立了宋文平易自然、婉轉流暢的主體風格和駢散兼行的語言模式。時人謂歐文「得之自然」，「自極其工，於是文風一變，時人競爲模範」[15]。第五，創作了大批「超然獨騖，衆莫能及」的優秀散文，所謂「文備衆體，變化開闔，因物命意，各極其工」[16]。第六，樹立了刻苦嚴謹、追求完美的創作風範。宋人陳善《捫虱新話》載歐公「平昔爲文章，每草就紙上淨訖，即粘掛齋壁，卧興看之，屢思屢改，至有終篇不留一字者」[17]。可見着意淘洗、精心錘煉之精勤。總之，歐陽修爲宋文健康發展和繁榮鼎盛，做出了巨大貢獻。

歐蘇古文派在發展過程中還形成了多元分化而又整體統一的特點，出現了文章派、經術派和議論派。文章派以歐陽修、曾鞏爲主要代表，創作態度認眞嚴肅，注重反復修改和精心錘煉，從而達到委婉條暢、簡潔凝煉、自然精妙的境界，努力提高文章的藝術性和美學價值。如曾鞏（一〇一九—一〇八三）以儒學爲本，經世務實，體道扶教，寫作古文，斟酌於司馬遷、韓愈，紀事言理，自成一家，《戰國策目錄序》從容和緩，《墨池記》委宛自然。經術派以王安石爲代表，爲文強調「通經致用」[18]，言事明理。《上仁宗皇帝書》分析朝廷困境，提出陶冶人才以更革法度，見解深刻而立論精警。《游褒禪山記》即事以明理，窮工而極妙，委婉豐厚，啓迪心扉。議論派以蘇洵、蘇軾、蘇轍爲代表。三蘇論文強調「有爲而作」，其文章「皆以古今成敗得失爲議論之要」（《歷代論引》）。蘇洵「以雄邁之氣，堅老之筆，而發爲汪洋恣肆之文，上之究際天人，次之修明經術，而其於國家盛衰之故，尤往往淋灕感慨」[19]。蘇轍善長政論與史論，名作《黃州快哉亭記》議論眼前景與古時事，提出「不以物傷性」，遒逸疏宕。

蘇軾是與歐陽修并稱的文壇領袖，他的創作對促進宋文平易自然、流暢婉轉主體風格的成熟與定型，起了決定性作用。蘇文如行雲流水，文理自然，姿態橫生，既視野雄闊，哲思深邃，又議論英發，縱橫馳騁。中年後作品，涵納儒、釋、道諸家精華，將事、理、情、景、意、趣融爲一體，既博大精深、新警絕人，又境界高遠，豁達通脱。《前赤壁賦》以言理爲旨歸，探討時空與人生，而融叙事、抒情、寫景、議論於一爐，縱横六合，通達古今，出入仙佛，充滿詩情畫意和至理奇趣，意境美妙幽邃。《潮州韓文公廟碑》在議論中評述韓愈對儒學和文學的貢獻，《日喻》借議論「盲人識日」和「北人學沒」指導務學求道，無不精深博洽，縱横揮灑。蘇文廣備衆體，姿態横生，雄健奔放，揮灑自如，圓熟流美，新意無窮。

蘇軾先後識拔和培養了一批古文作手，其中尤以黄庭堅、秦觀、晁補之、張耒、陳師道、李廌最爲著名，世稱蘇門六君子，這裏姑稱蘇門派。此派一是都十分注意領悟、體驗和總結蘇軾爲文妙諦，并運用於創作中，形成自己的特色；二是都保持并弘揚了蘇軾爲文自然平易的特點，尤善題跋和書札；三是兼擅古文與駢文。黄庭堅精於文賦而妙於題跋，秦觀長於議論而文麗思深，晁補之博辯俊偉而文字優美，張耒議論多宏篇巨制，題跋書序，揮灑自如。

道學派以周敦頤、張載、程顥、程頤爲代表。他們都是北宋著名的思想家，爲新儒學的創立和宋學的形成做出了積極貢獻。道學派强調「文以載道」，重道而輕文，至有「文能害道」説。但學養與藝術功力深厚，説理論事，質實自然，文辭古樸簡潔，邏輯嚴密，思想博大精深。周敦頤《太極圖·易説》從宇宙本源講到人性善惡，論述了一個完整的思想體系；《愛蓮説》援佛入儒，文字生動優美，膾炙人口。張載《西銘》將「天道」與「人道」聯係起來，論證封建社會秩序的合理性，意旨精深。程顥《論王霸札子》、《論十事札子》密切聯係現實，駢散并用，筆勢流暢。程頤《易傳序》、《春秋傳序》講「開物成務之道」與「經世之大法」，文字雅潔，語如貫珠。

總之，北宋是中國古代散文發展的顛峰時期，大家璀璨，名作如林，題材之豐富、體式之創新、立意之高遠、境界之闊大、構思之精妙、語言之優美，皆可在本書選篇中仔細品味。

楊慶存

二〇一〇年十月二十八日凌晨

注釋

①宋·陸游《尤延之尚書哀辭》。②宋·許開《五百家播芳大全文粹·序》。③《武夷新集》卷一八《答并州王太保書》。④《宋史》卷三一一《晏殊傳》。⑤陳亮《龍川文集》卷一一《變文法》。⑥《宋史》卷四三九。⑦宋·周必大《宋文鑒·序》。⑧清·查慎行《曝書亭集序》。⑨宋·歐陽修《論尹師魯墓志銘》。⑩宋·陳振孫《浮溪集説》。⑪《王安石文集》卷三。⑫宋·吴充《歐陽公行狀》。⑬《宋史》卷三一九。⑭宋·韓琦《歐公墓志銘》。⑮蘇軾《六一居士集叙》。⑯宋·吴充《歐陽公行狀》。⑰卷五《文章博遠貴於精工》條。⑱《王文公文集》卷八。⑲邵仁泓《蘇老泉先生全集序》。

目錄

第一冊

柳開

游天平山記　一

王禹偁

黃州新建小竹樓記　四

待漏院記　六

范仲淹

岳陽樓記　九

嚴先生祠堂記　十一

歐陽修

雜說三首　十三

醉翁亭記　十五

豐樂亭記　十七

眞州東園記　十九

與高司諫書　二十一

答吳充秀才書　二十六

釋秘演詩集序　二十八

蘇氏文集序　三十

梅聖兪詩集序　三十三

新五代史伶官傳序　三十六

題薛公期畫　三十八

祭石曼卿文　三十九

賣油翁　四十

秋聲賦　四十一

瀧岡阡表　四十三

朋黨論　四十七

非非堂記　五十

蘇舜欽

滄浪亭記　五十一

曾鞏
墨池記 五十四
道山亭記 五十六
宜黃縣縣學記 五十八
戰國策目錄序 六十三
越州趙公救災記 六十六

第二冊

寄歐陽舍人書 六十九
贈黎安二生序 七十二
周敦頤
愛蓮說 七十四
宋祁
李白傳 七十五
李覯
袁州州學記 八十

梅堯臣
覽翠亭記 八十三
劉敞
說犬馬 八十四
司馬光
訓儉示康 八十六
赤壁之戰 九十
淝水之戰 九十七
蘇洵
六國論 一〇三
心術 一〇五
送石昌言使北引 一〇八
張益州畫像記 一一〇
木假山記 一一四
名二子說 一一五

錢公輔

義田記 一一六

王安石

興賢 一一九

上人書 一二一

傷仲永 一二二

游褒禪山記 一二四

度支副使廳壁題名記 一二六

答司馬諫議書 一二八

答姚辟書 一三〇

送孫正之序 一三一

同學一首別子固 一三三

祭歐陽文忠公文 一三五

泰州海陵縣主簿許君墓志銘 一三七

讀孟嘗君傳 一三九

讀柳宗元傳 一四〇

龍賦 一四一

蘇軾

留侯論 一四一

敎戰守策 一四四

石鐘山記 一四八

喜雨亭記 一五〇

超然臺記 一五二

放鶴亭記 一五四

第三冊

文與可畫篔簹谷偃竹記 一五七

李氏山房藏書記 一六〇

答謝民師書 一六三

稼說送張琥 一六六

上梅直講書 一六七

答李端叔書　一六九
方山子傳　一七二
日喻　一七四
潮州韓文公廟碑　一七六
韓干畫馬贊　一八〇
前赤壁賦　一八一
後赤壁賦　一八四
黠鼠賦　一八五
題跋三則　一八五
記承天寺夜游　一九〇
記游松風亭　一九一

沈括

雁蕩山　一九一
活版印刷　一九三
采草藥　一九五
石油　一九六
雄州北城　一九七
正午牡丹　一九八

馬存

贈蓋邦式序　一九九

程頤

養魚記　二〇三

蘇轍

上樞密韓太尉書　二〇五
黃州快哉亭記　二〇七
武昌九曲亭記　二一〇
東軒記　二一二
孟德傳　二一五
子瞻和陶淵明詩集引　二一七
超然臺賦并序　二一九

墨竹賦　二二一
黃樓賦序　二二二
楊時
言默戒　二二三
張耒
鷄鳴賦　二二五
李之儀
夢游覽輝亭賦　二二六
黃庭堅
與王觀復書　二二七
苦筍賦　二二九
題跋四則　二三〇
秦觀
精騎集序　二三三
龍井題名記　二三四
晁補之
新城游北山記　二三六
李格非
書洛陽名園記後　二三七
後記　二三九

作者簡介 柳開（九四七—一〇〇〇），字仲途，自號東郊野夫、補亡先生。大名（今屬河北）人，宋太祖開寶六年（九七三）進士。歷官州郡，官至如京使。著有《河東先生集》。

柳開不滿五代、宋初以來的浮弱文風，率先提倡古文古道，以繼承韓愈、柳宗元的古文傳統為己任，是北宋詩文革新運動的先驅者之一。作文主張「古其理，高其意，隨言短長，應變作制」。他的散文能密切聯係時政，形成了以質實見長，言事明理、傳道寫心，不為空文的特點，開一代文章新風。

游天平山記①

題解 《游天平山記》寫於宋太宗至道元年（九九五），記述了作者天平山五日游的見聞。文章先敘述游天平山的緣起，繼以簡潔流暢的語言詳細介紹了前四日的行程，凡山之諸峰、巖、洞、潭、谷、澗、溪、泉、石。作者用大量筆墨描繪了天平山「山色回合，林木蒼翠」的優美景色，并記述了同僧人討論峰名的對話，饒有趣味。末尾感嘆自己居此數年卻不聞此山勝境的遺憾。

文章構思奇妙，以寫實手法記游，意境清新，其中采用對話寫景，表現手法靈

活多變。首尾兩段，分別說明游山和作記的緣起，不但使文章前後呼應，起到了烘托天平山勝景的作用。全文語言平易流暢，敘事簡潔明晰，表現了與五代浮華文風不同的趣尚。

原文 至道元年②，開寓湯陰③。未幾，桂林僧惟深者，自五臺山歸，惠然見過④，曰：「昔公守桂林，嘗與公論衡嶽山水之秀，為湖嶺勝絕⑤；今惟深自上黨入於相州⑥，至林慮⑦，過天平山明教院，尋幽窮勝，縱觀泉石，過衡嶽遠甚。」予矍然曰⑧：「予從先御史居湯陰二年⑨，湯陰與林慮接境，平居未嘗有言者。今師詒我⑩，是將以我為魏人而且欲佞予耶？」惟深告辭，予因留惟深，曰：「前言果不妄，敢同游乎？」惟深曰：「諾。」

初自馬嶺入龍山，小徑崎嶇，有倦意。又數里，入龍口谷，山色回合，林木蒼翠，遠觀俯覽⑪，遂忘箠轡之勞⑫。翊日⑬，飯於林慮，亭午抵桃林村⑭，乃山麓也。泉聲夾道，怪石奇花，不可勝數。山回轉，平地數尋⑮，曰槐林。坐石弄泉，不覺日將晡⑯。憩環翠亭，四顧氣象瀟灑，恍然疑在物外，留連徐步。薄暮，至明教院，夜宿於連雲閣。

明旦，惟深約寺僧契園從子游，東過通勝橋，至蒼龍洞，又至菩薩洞；下而

南觀長老岩、水簾亭，周行岩徑下，下瞰白龍潭而歸。

翊日，西游長老庵，上觀珍珠泉，穿舞獸石，休於道者庵下，至於忘歸橋。由澗而轉至於昆閬溪、仙人獻花台，出九曲灘，南會於白龍潭。捫蘿西山⑰，沿候樵徑，望風雲谷而歸。

明日，契園煮黃精、蒼術苗⑱，請予飯於佛殿之北，回望峰巒，秀若圍屏。契園曰：「居艮而首出者⑲，倚屏峰也。」予曰：「諸峰大率如圍屏，何獨此峰得名？」契園曰：「大峰之名有六，小峰之名有五，著名已久，皆先師之傳。又其西二峰，一曰紫霄峰，上有秀士壁，次曰羅漢峰，上有居士壁，以其所肖得名也。又六峰之外，其南隱然者，士民呼爲撲豬嶺。又其次曰熨斗峰。」諸峰皆於茂林喬松間拔出石壁數千尺，回環連接，嶄岩峭崒⑳，雖善工亦不可圖畫。予留觀。

予留觀凡五日，不欲去，始知惟深之言不妄。又嗟數年之間，居處相去方百里之遠，絕勝之景，耳所不聞，對惟深誠有愧色。明日將去，惟深、契園固請予留題。予懼景勝而才不敵，不敢形於吟詠，因述數日之間所見云。

注釋　①天平山：在今河南省林州市西。②至道元年：公元九九五年。至道，北宋太宗趙光義的年號。③湯陰：今河南省湯陰縣。④惠然見過：承蒙他來訪問。過，這裏指造訪、探望的意思。⑤「昔公」以下幾句：宋太宗淳化元年（九九〇）到二年春，柳開曾爲桂州（今廣西桂林）知州。衡嶽，指南嶽衡山，在今湖南衡山縣西。湖嶺，即湖廣地區，這裏指南方。⑥上黨：今山西省長治市。相州：今河南安陽、湯陰、林州和河北臨漳一帶。⑦林慮：縣名。在今河南省林州市。⑧矍然：驚訝而相視的樣子。⑨先御史：指柳開的父親柳承翰。承翰在後唐莊宗時始任湯陰縣主簿，後來做過監察御史。⑩詒：欺騙。⑪遶觀：環視。遶，同「繞」。⑫箠轡：這裏代指騎馬。箠，鞭子。轡，駕馭牲口用的嚼子和繮繩。⑬翊日：第二天。翊，明。⑭亭午：正午。⑮尋：古代八尺爲一尋。⑯晡：即申時，指午後三點至五點。⑰捫：摸，這裏有攀援的意思。⑱黃精：多年生草本植物，地下莖可制澱粉，又供藥用。蒼術：多年生草本植物，根可入藥。⑲艮：方位名，指東北方。⑳嶄岩峭崒：山峰高聳險峻。

譯文　至道元年，我寓居湯陰。不久，桂林的和尚惟深從五臺山歸來，承蒙他來探望我，并對我說：「過去您任桂州知州時，我曾經和您談論衡山的山水秀麗，是南方名勝中最突出的；而今我從上黨進入相州，到達林慮，路過天平山明教院，尋覓山水幽境勝地，縱觀山水風光，那裏的景致遠遠超過了衡山。」我聽了大吃一驚，注視着他說：「我跟從父親在湯陰住了兩年，湯陰與林慮相鄰，平常從來沒人講過這些。今天師傅欺騙我，這是因爲我是魏地之人，要取悅於我吧？」過了一天，惟深來辭行，我於是就挽留他，并對他說：「您前天說得話如果不假，敢和我一起去那裏游玩嗎？」惟深回答說：「當然可以。」

開始，從馬嶺進入龍山，小路崎嶇難走，頗爲疲倦。又走了數里路，進入龍口谷，山色迷蒙，林木蒼翠，環視縱覽山景，心曠神怡，以致連整日的鞍馬辛勞都忘記了。第二天，在林慮吃了早飯，正午時分到了桃林村，桃林村在山腳下。泉水夾道而流，路旁有數不清的形態怪异的石頭和珍奇的花草，數也數不清。轉過山，有大約幾丈長的平地，叫槐林。坐在道旁邊的石上玩賞泉水，不知不覺已是下午，繼續上路，至環翠亭稍事休息，站在亭上舉目眺望，四周景物清秀脱俗，恍然間仿佛身處塵世之外，令人流連不忍離去。傍晚，到達明教院，夜裏在連雲閣住宿。

第二天清晨，惟深約明教院的僧侶契園一起陪我游覽，由明教院向東，經過通勝橋，至蒼龍洞，又到菩薩洞；然後下山向南觀賞長老岩、水簾亭的景致，沿着岩石小路環行下山，一直看了白龍潭才返回。

次日，由明教院向西游覽長老庵，上山觀賞珍珠泉，經過舞獸石，在道者庵下休息，然後到忘歸橋。又順着澗水轉到昆閬溪、仙人獻花臺，澗水出九曲灘，向南匯入白龍潭。我們攀援着藤蘿登上西山，沿着砍柴人的小路前行，一直走到可以望見風雲谷的地方才回來。

游山後的第二天，契園煮了黄精、蒼術苗，在佛殿北面款待我，回望峰巒，群山競秀，好像環繞四周的畫屏。契園説：「在東北方最突出的山峰叫倚屏峰。」我説：「這些山多像圍屏，爲什麼祇有這座山峰有這樣的名字？」契園回答説：「高大些的山峰有六座有名字，矮小些的山峰有五座

有名字，它們有名字已經很久了，都是先師傳下來的。另外，西面的兩座山峰，一座叫紫霄峰，上面有石壁叫秀士壁，另一座叫羅漢峰，上面有石壁叫居士壁，它們都是因爲形象酷似（秀士、居士）而得名。六峰之外，南面隱約可見的那座山峰，當地百姓叫它撲豬嶺。僅次於它的叫熨鬥峰。」這些山峰都在茂密高大的鬆林之間挺拔聳立在數千尺的岩石峭壁，它們回環連接，陡峭高峻，即使是高明的畫師也不能描繪出它們的奇絶風貌。我便留下來觀賞。

我在天平山一共游覽了五天，也不願離去，這才知道惟深的話是眞實的。又慨嘆數年之間，居處衹距天平山百里之遥，這樣奇絶的景致都沒有聽説過，而且起初還不相信惟深的話，眞是有愧於他。第二天將要離去時，惟深、契園一再請我題詩留念。我擔心這裏的景致如此秀美而自己的才力不足以吟詠，不敢題詩，就將數日游覽的見聞記叙了下來。

王禹偁

作者簡介

王禹偁（九五四——一〇〇一），字元之，濟州巨野（今山東巨野）人。宋太宗太平興國八年（九八三）進士。歷任左司諫、翰林學士、知製誥等職。晚年任黄州知州，後人稱爲王黄州。著有《小畜集》《小畜外集》等。

王禹偁是宋初古文運動的重要作家，反對晚唐以來的浮靡文風。倡導文風復古，

強調文章濟世致用。其散文多言事議政之作，具有較強的現實性和深刻的社會性。風格簡雅古淡，語言樸實流暢，自然明快。作爲宋初重要的散文家，其古文理論和創作，對宋代散文風格的形成有很大的影響。蘇軾稱其「以雄文直道獨立當世」（蘇軾《王元之畫像贊并序》），對後世歐陽修、蘇軾等人產生了一定的影響。

黃州新建小竹樓記

題解 本文作於咸平二年（九九九），作者被貶黃州期間。文章從竹樓的修築寫起，以簡潔而富有情韻的筆墨鋪寫竹樓的景致與獨特風光。繼而寫謫居生活的情態與心緒。末段通過議論表現自己不慕高華、「隨緣自適，游於物外」的瀟灑情懷。

全文緊扣竹樓，借題詠懷，層次明晰，意境清幽深邃。語言淡雅簡古，自然雋永，具有很強的藝術感染力。

原文 黃岡之地多竹①，大者如椽②。竹工破之，刳去其節③，用代陶瓦，比屋皆然④，以其價廉而工省也。

子城西北隅⑤，雉堞圮毀⑥，蓁莽荒穢。因作小樓二間，與月波樓通。遠吞山光，平挹江瀨⑦，幽闃遼敻⑧，不可具狀。夏宜急雨，有瀑布聲；冬宜密雪，有碎玉聲；宜鼓琴，琴調虛暢；宜詠詩，詩韻清絕；宜圍棋，子聲丁丁然；宜投壺⑨，矢聲錚錚然：皆竹樓之所助也。

公退之暇，披鶴氅⑩，戴華陽巾⑪，手執《周易》一卷，焚香默坐，消遣世慮。江山之外，第見風帆沙鳥、煙雲竹樹而已⑫。待其酒力醒，茶煙歇，送夕陽，迎素月，亦謫居之勝概也。

彼齊雲、落星，高則高矣；井幹、麗譙，華則華矣⑬；止於貯妓女、藏歌舞，非騷人之事，吾所不取。

吾聞竹工云：「竹之爲瓦，僅十稔⑭，若重覆之，得二十稔。」噫！吾以至道乙未歲自翰林出滁上⑮；丙申⑯，移廣陵⑰；丁酉⑱，又入西掖⑲；戊戌歲除日⑳，有齊安之命㉑；己亥閏三月㉒，到郡。四年之間，奔走不暇，未知明年又在何處。豈懼竹樓之易朽乎？幸後之人與我同志，嗣而葺之㉓，庶斯樓之不朽也！

咸平二年八月十五日記。

注釋 ①黃岡：宋朝時黃州的治所，今湖北黃岡市。②椽：架在層頂承受屋瓦的木條。③刳：剖開，挖空。④比屋：挨家挨戶。比，并，連。⑤子城：又名瓮城、月城。城門外防護城的半圓形城牆。隅：角。⑥雉堞：城上排列如齒狀的矮牆。圮：倒塌毀壞。⑦挹：舀取。瀨：湍急的流水。⑧闃：寂靜。遼敻：遼闊廣遠。⑨投壺：古代宴飲時的一種游戲。賓主投矢入壺中，以投中多少決勝負，勝者斟酒使敗者飲。⑩鶴氅：用鳥羽制成的披風。⑪華陽巾：道士戴的一種帽子。《神仙傳》記載：「韋節，京兆人。魏武時爲東宫侍讀。後卜居華山，號華陽子，名其巾曰『華陽巾』。」⑫第：但，衹。⑬齊雲、落星、井干、麗譙：皆爲古代有名的高樓。齊雲樓，就在陝西省華縣城内。《舊唐書·昭宗紀》：「『（乾寧四年）七月甲戌，帝與淡定士、親王登齊雲樓，西望長安，令樂工唱御制《菩薩蠻》詞。」唐白居易《齊雲樓晚望》詩有「齊雲樓北面，半日憑欄干。」落星樓，在南京市東北臨江的落星山上。《文選·左思〈吳都賦〉》：「數軍事乎桂林之苑，饗戎乎落星之樓。」劉遠注：「吳有桂林苑、落星樓，樓在建業東北十里。」前蜀韋莊《春日》詩：「落星樓上吹殘角，偃月營中挂夕暉。」井干樓，漢武帝時建，在建章宫北，又名「井干臺」。《史記·孝武本紀》：「乃立神明臺、井干樓，度五十餘丈，輦道相屬焉。」唐代陶輿《花萼樓賦》：「秦皇祈年之觀，漢武井干之樓，在縱驕而彼得，豈興奇而我儔。」麗譙樓，華麗的高樓。《初學記》引《釋名》：「魏有麗譙。」魏武帝曾建一樓，名麗譙。唐顔師古注《漢書·陳勝傳》：「樓一名譙，故謂美麗之樓爲麗譙。」⑭稔：穀熟。莊稼一年一熟，所以稱一年爲一稔。⑮至道乙未歲：宋太宗至道元年（九九五）。出滁上：作者因「謗訕朝廷」罪被貶爲滁州（今安徽滁州）刺史。⑯丙申：宋太宗至道二年（九九六）。⑰廣陵：即揚州（今江蘇揚州）。⑱丁酉：宋太宗至道三年（九九七）。⑲西掖：中書省。《太平御覽》卷二百二十引《漢官儀》：「前世文士以中書在右，因謂中書省爲

遠呑山光，
平挹江瀨，
幽闃遼敻，
不可具狀。

右曹，又稱西掖。」至道三年（九九七）宋眞宗即位，王禹偁被召赴刑部任職，後又任知制誥，屬中書省。⑳戊戌歲除日：宋眞宗咸平元年（九九八）的大年夜。㉑齊安：即黃州。㉒已亥：宋眞宗咸平二年（九九九）。㉓葺：繼續修理、修建房屋。

譯文 黃岡地方盛產竹子，大的像椽子一樣粗。竹匠把它剖開，削掉竹節，用它替代陶瓦來蓋房子，家家房屋都是這樣，因爲它比陶瓦既便宜又省工。

在子城的西北角，城頭上女牆都倒塌毀壞了，草木叢生，荒蕪污穢。我清理出一片地方，就地蓋了兩間小竹樓，正好與月波樓相連。登上小竹樓，眺望遠山，秀美的山色可盡收眼底，平視江水，江流就在眼前，好像俯身就能舀取。清幽靜謐，而又遼遠開闊，眞是無法一一描述出來。夏天下暴雨的時候，就會聽到如瀑布流瀉的嘩嘩聲；冬天下大雪時，可以聽到碎玉落盤般的聲音；這裏可以彈琴，琴聲清虛和暢；可以吟詩，詩的韻味清遠絶俗；可以下棋，子落棋盤，發出丁丁之聲，清脆悠遠；可以玩投壺，箭入壺中，發出鏗鏘叮咚之聲：這些都是竹樓所給予的啊。

處理完公務的空閑時間，身披鶴氅，頭戴華陽巾，手捧一卷《周易》，點上香，靜靜地坐在樓中，排除世俗的雜慮。江山之外，衹見到風中白帆、沙上水鳥、淡雲輕煙、翠竹綠樹而已。等酒醒之後，茶爐的煙火已經熄滅，送走夕陽，迎來明月，這也是謫居生活的一番樂趣吧。

那齊雲樓、落星樓，高也確實是高；井幹樓、麗譙樓，華麗也確實是華麗；可惜衹是用來藏蓄

歌妓舞女，不是風雅之士所爲，我是不屑於去做的。

我聽竹匠說：「竹片做瓦衹能維持十年，如果鋪兩層，就能維持二十年。」唉！我在至道乙未那年，由翰林學士被貶爲滁州刺史；丙申年的除夕，又被調往廣陵；丁酉年，又應詔回到中書省；戊戌年的除夕，又被任命爲黃州刺史；直到已亥年三月到了黃州。四年之間，我不停奔波不得停歇，不知明年又會在什麼地方。難道還怕竹樓容易朽壞嗎？希望後來的人能與我志趣相同，不斷地修繕它，大概這竹樓就不至於朽壞了！

咸平二年八月十五日記。

待漏院記①

題解 本文作於宋太宗淳化初年（九九〇——九九一），作者時任大理寺判官。雖名為「記」，實是一篇以記體文議政的政論文。文章通過描繪賢相、奸相和庸相三種宰相在待漏院等候上朝時完全不同的心思，用前後對應的排比句式，正反對比，重點刻畫了忠奸截然相反的兩種宰相形象，表達了天下安危係於宰相道德修養這一政治見解。

文章以「勤」字立說，以「慎」字作歛，歌頌了公忠體國的賢相，鞭撻了禍國殃民的奸相，斥責了備員全身的庸相。全文結構嚴謹，筆鋒犀利。作者寓議於記，

多用排比句，文筆生動，對比鮮明，感情強烈，是一篇優秀的官箴。

原文 天道不言②，而品物亨③、歲功成者，何謂也？四時之吏④，五行之佐⑤，宣其氣矣。聖人不言，而百姓親、萬邦寧者，何謂也？三公論道⑥，六卿分職⑦，張其教矣。是知君逸於上，臣勞於下，法乎天也。古之善相天下者⑧，自咎、夔至房、魏⑨，可數也。是不獨有其德，亦皆務於勤爾。況夙興夜寐⑩，以事一人，卿大夫猶然，況宰相乎！

朝廷自國初因舊制，設宰臣待漏院於丹鳳門之右⑪，示勤政也。至若北闕向曙⑫，東方未明，相君啓行⑬，煌煌火城⑭。相君至止，噦噦鑾聲⑮。金門未闢⑯，玉漏猶滴。徹蓋下車，於焉以息。

待漏之際，相君其有思乎？其或兆民未安，思所泰之；四夷未附⑰，思所來之；兵革未息，何以弭之⑱；田疇多蕪，何以闢之；賢人在野，我將進之；佞臣立朝，我將斥之。六氣不和⑲，災眚薦至⑳，願避位以禳之㉑；五刑未措㉒，欺詐日生，請修德以釐之㉓。憂心忡忡，待旦而入。九門既啓㉔，四聰甚邇㉕。相君言焉，時君納焉。皇風於是乎清夷，蒼生以之而富庶。若然，總百官，食萬錢，非幸也，宜也。

其或私仇未復，思所逐之㉖；舊恩未報，思所榮之；子女玉帛，何以致之；車馬器玩，何以取之；奸人附勢，我將陟之㉗；直士抗言，我將黜之；三時告災㉘，上有憂色，構巧詞以悅之；群吏弄法，君聞怨言，進諂容以媚之。私心慆慆，假寐而坐㉙。九門既開㉚，重瞳屢回㉛。相君言焉，時君惑焉，政柄於是乎隳哉㉜，帝位以之而危矣！若然，則死下獄，投遠方，非不幸也，亦宜也。

是知一國之政，萬人之命，懸於宰相，可不慎歟！復有無毀無譽，旅進旅退㉝，竊位而苟祿，備員而全身者，亦無所取焉！

棘寺小吏王某爲文㉞，請志院壁，用規於執政者。

注釋 ①待漏院：古代百官清晨在殿廷外等待朝見皇帝時休息的地方。漏，即漏壺，古時以銅壺滴漏計時，百官須待漏盡才能入朝，故稱待漏院。②天道：大自然的運行變化規律。③品物亨：指萬物自然生長。亨，亨通，這裏有順利生長的意思。④四時之吏：指分掌春、夏、秋、冬四季的天神。⑤五行：指金、木、水、火、土，古人認爲五行是組成世界的基本元素。⑥三公：周代以太師、太傅、太保爲三公。《尚書·周書·周官》：「立太師、太傅、太保，兹惟三公，論道經邦，燮理陰陽。」這裏泛指中央各部長官。⑦六卿：指朝廷主管各部的長官。⑧相：輔佐。⑨咎、夔：指皋陶、夔。皋陶，舜時的司法長官。夔，舜時主管音樂的長官。二者皆爲舜時的賢臣。房、魏：指唐太宗時賢相房玄齡、魏徵。⑩夙興夜寐：早起晚睡。夙，早。⑪丹鳳門：汴京皇城的南門。⑫北闕：古代宮殿北面的門樓，爲臣子等候朝見的地方。⑬相君：對宰相的敬稱。⑭火城：宰相早朝時，百官先到等候，點燃幾百支蠟炬，稱「火城」。李肇《唐國史補》：「每元日冬至立仗，大官皆備琦傘，列燭有至五六百炬者，謂之火城。宰相火城將至，則衆少皆撲滅以避之。」⑮噦噦：形容鈴聲。鑾：車鈴聲。⑯金門：卽金馬門，漢代宮門名。這裏借指宋朝的宮門。⑰四夷：指周邊的少數民族。⑱弭：止息。⑲六氣：指陰、陽、風、雨、晦、明等六種自然現象。⑳災眚：災害變故。眚，本指眼生翳，這裏指災禍。㉑禳：用祈禱的方式消除災殃。㉒五刑：指死、流、徒、杖、笞等五種刑罰。措：處置得當。㉓釐：治理。㉔九門：古代宮殿設有九門，這裏代指宮門。㉕四聰：《尚書·虞書·舜典》：「明四目，達四聰。」孔穎達疏：「明四方之目，使爲己遠視四方也；達四方之聰，使爲己遠聽聞四方也。」邇：近。㉖逐：斥逐。㉗陟：進用，提陞。㉘三時：指春、夏、秋農功之時。《左傳·桓公六年》：「謂其三時不害而民和年豐也。」㉙假寐：《左傳·宣公二年》：「（趙盾）盛服將朝，尚早，坐而假寐。」杜預注：「不解衣冠而睡。」㉚開：打開。㉛重瞳：相傳舜的眼睛有兩個瞳子，後世就常以「重瞳」來指代君主。㉜隳：毀壞。㉝旅進旅退：《國語·越語上》：「吾不欲匹夫之勇也，欲其旅進旅退也。」韋昭注：「旅，俱也。」這裏用作貶義，指隨衆進退，無所成就。㉞棘寺：大理寺的別稱，古代掌管刑獄的最高機構。小吏：王禹偁時以知制誥兼任

大理寺丞，自謙爲小吏。

譯文 大自然不說話，卻能使萬物順利生長，年年獲得豐收，這是爲什麼呢？那是因爲四時的神靈、五行的輔助，調暢了自然界的氣脈。皇帝不用說話，卻能使百姓團結、萬國安寧，這是爲什麼呢？那是由於三公討論政治，六卿職責分明，宣揚了皇帝的教化思想。由此可知，國君在上清閑安逸，臣子在下勤於政事，是效法大自然的啊。古代善於治理國家的人，從皋陶、夔到房玄齡、魏徵，可以一一列舉出來。他們不僅有德行，而且都勤於職守，況且早起晚睡爲國君效力，卿大夫尚且如此，何況宰相呢？

朝廷從建國之初卽沿襲唐朝的舊制度，在丹鳳門的右邊設立宰相待漏院，以示勤於政務。在曙光卽將照到宮殿的北樓，東方尚未明亮的時候，宰相就動身啓行，待漏院中燈火輝煌。宰相駕到，馬車鈴發出噦噦的響聲。宮門未開，玉制的漏壺還在滴水。侍從撩開車蓋，主人下車，在待漏院休息。

在等候朝見的時候，宰相想些什麼呢？有的宰相考慮的是：老百姓還沒有安定，想讓他們享受太平；各方少數民族還沒有歸附，考慮怎麼招徠它們；戰爭尚未平息，應該怎樣制止它；田園荒蕪，怎樣開墾；賢能之人淪落民間，我怎樣引薦他們；奸佞之人在朝廷掌權，我怎樣辭退他們。天時不正，災害不斷，我情願辭去相位來禳除它；各種刑罰使用不當，欺詐行爲不斷發生，我想奏請皇上

修明德行加以整頓。懷着深深的憂慮，等待天明上朝。宮門開啓，善聽各方面意見的天子離得很近。宰相向皇帝進言，皇帝采納了他的建議。於是世風清明平靜，百姓因此而富裕。如果能這樣，宰相總領百官，享受優厚的俸祿，那就不是僥幸而得，而是完全應該的。

有的宰相想的是：我還有私仇未報，想辦法斥逐仇敵；有舊恩未報，想辦法怎樣使恩人享受榮華富貴；考慮着金錢美女，怎樣到手；車馬玩物，怎樣取得；奸邪之人趨炎附勢，我考慮如何提拔他們；正直之臣直言諫諍，我便考慮怎樣貶謫他們；三時各地報告災情，皇上憂慮，我便考慮怎樣用花言巧語取悅皇帝；衆官枉法，國君聽到怨言，我便考慮怎樣奉承獻媚求得皇上的歡心。他爲私事思緒紛亂，強自坐着假睡。宮門開了，金殿上龍目四顧，宰相提出建議，皇上被他蒙惑，政權由此而毀壞，皇位也因此而動搖。如果這樣，那麼卽使宰相被打入死牢，或流放遠地，也不是不幸，而是完全應該的。

由此可以知道，一國之政，萬人之命，係於宰相一人，難道可以不謹慎以待嗎？還有一種宰相，他們沒有惡名聲，也沒有好名聲，隨波逐流時進時退，竊取高位貪圖利祿，濫竽充數而保全身家性命，也是不足取的。

大理寺小官吏王禹偁撰寫此文，希望能把它記錄在待漏院壁上，用以告誡執政的大臣。

范仲淹

作者簡介

范仲淹（九八九—一〇五二），字希文，蘇州吳縣（今江蘇蘇州）人。北宋著名政治家、軍事家和文學家。宋真宗大中祥符八年（一〇一五）進士。仁宗時，任陝西經略安撫副使，抗擊西夏。慶曆三年（一〇四三）官至參知政事，推行政治革新，史稱「慶曆新政」。失敗後請求外任，所知各州均有善政。卒謚文正。著有《范文正公文集》等。

范仲淹詩、詞、文都有名篇傳世。他主張文章應關教化，所作政論雜文，以散體為主，全面深入地闡述了自己的政治主張，胸襟闊大、風格豪放。

岳陽樓記

題解 文章以「記」為名，藉題發揮，從登樓的所見所感，表達了作者「不以物喜，不以己悲」的胸襟和飽含強烈歷史意識與社會責任的「先天下之憂而憂，後天下之樂而樂」的憂樂觀，表現了作者博大的胸襟與崇高的思想境界。

本文構思巧妙，善於剪裁。作者對岳陽樓本身并未花費更多的筆墨，衹是用「前人之述備矣」簡單帶過。而用濃筆潑墨鋪寫登樓所見的陰晴景象及引發的憂喜之情，并自然地引出議論，點明主旨，由鋪墊而見結構之妙。全文融敘事寫景和抒情言志為一體，內容深刻，旨趣高遠。語言駢散雜糅，駢語寫景，散體論事，調融瀏暢，錯落有致，是我國古代散文中一篇情文并茂的佳作。

原文

慶曆四年春①，滕子京謫守巴陵郡②。越明年，政通人和，百廢具興。乃重修岳陽樓，增其舊制，刻唐賢、今人詩賦於其上，屬予作文以記之③。

予觀夫巴陵勝狀，在洞庭一湖。銜遠山，吞長江，浩浩湯湯④，橫無際涯。朝暉夕陰，氣象萬千。此則岳陽樓之大觀也，前人之述備矣。然則北通巫峽⑤，南極瀟湘⑥，遷客騷人，多會於此。覽物之情，得無異乎？

若夫霪雨霏霏⑦，連月不開，陰風怒號，濁浪排空，日星隱曜，山嶽潛形。商旅不行，檣傾楫摧⑧。薄暮冥冥，虎嘯猿啼。登斯樓也，則有去國懷鄉，憂讒畏譏，滿目蕭然，感極而悲者矣。

至若春和景明，波瀾不驚，上下天光，一碧萬頃，沙鷗翔集⑨，錦鱗游泳，岸芷汀蘭⑩，鬱鬱青青。而或長煙一空，皓月千里，浮光耀金，靜影沉璧，漁歌互答，此樂何極！登斯樓也，則有心曠神怡，寵辱皆忘，把酒臨風，其喜洋洋者矣。

嗟夫！予嘗求古仁人之心，或異二者之為。何哉？不以物喜，不以己悲。居廟堂之高⑪，則憂其民；處江湖之遠⑫，則憂其君。是進亦憂，退亦憂。然則何時

而樂耶？其必曰「先天下之憂而憂，後天下之樂而樂」歟！噫！微斯人⑬，吾誰與歸！

時六年九月十五日⑭。

注釋

①慶曆四年：公元一〇四四年。慶曆，宋仁宗趙禎年號（一〇四一—一〇四八）。②滕子京：字子京，名宗諒，河南（今河南洛陽）人。與范仲淹同年舉進士。《宋史·滕宗諒傳》載，宗諒以天章閣待制守慶州（今甘肅慶陽）時，被人誣告「前在涇州費公錢十六萬貫」，貶官知岳州。巴陵郡：宋岳州巴陵郡，治所在今湖南岳陽。③屬：同「囑」，囑托。④浩浩湯湯：形容水勢浩大的樣子。⑤巫峽：長江三峽之一，在今重慶巫山縣。⑥極：遠通。瀟、湘：瀟水和湘江。湘江源出廣西靈川縣，經湖南中部，北流入洞庭湖。瀟水為湘江上游的支流。古代詩人多稱湘江為瀟湘。⑦霪雨：連綿不斷的雨。霏霏：雨密的樣子。⑧檣傾楫摧：船桅損毀。檣，船的桅杆。楫，船槳。⑨翔集：或飛或停。集，棲止。⑩岸芷汀蘭：水邊的花草。芷，香草。汀，水邊平地、小洲。⑪廟堂：太廟的殿堂。古代帝王祭祀、議事的地方。此處代指朝廷。⑫處江湖之遠：指離開朝廷外仕或歸隱。江湖，代指民間。⑬微：無，非。斯人：指古仁人。⑭六年：指宋仁宗慶曆六年（一〇四六）。

譯文

慶曆四年春天，滕子京被貶到岳州任知州。第三年，政事順利，百姓安居樂業，各種

荒廢的事業都興辦起來。於是重新修建岳陽樓，擴增它舊有的規模，把唐代名家和今人的詩賦刻在上面，囑托我寫一篇文章來記述這件事。

我看岳州的美好景色，全在洞庭湖。湖水連接着遠處的群山，吞吐着長江的水流，浩浩蕩蕩，無邊無際。清晨陽光照耀，傍晚陰氣凝結，景象千變萬化。這就是在岳陽樓看到的雄偉景象，前人的描述已經很詳盡了。然而它北面連着巫峽，南面通到瀟湘，被貶的官員和失意的詩人，常常聚集在這裏。觀賞自然景物所產生的感情，大概會有不同吧？

如果那陰雨連綿，連月不晴，陰冷的風怒吼，渾濁的波浪沖向天空，太陽和星辰被隱沒了光輝，山岳峰巒掩藏起形迹。商人旅客無法通行，桅杆傾倒，船槳斷折。傍晚天色昏暗，虎在咆哮，猿在悲啼。這時登上岳陽樓，就會產生遠離朝廷、懷念家鄉、擔心誹謗、害怕譏諷的心情，滿眼蕭條冷落，感慨萬千而又悲傷不已。

到了春風和煦，陽光明媚的時候，風平浪靜，天色湖光相映，萬里碧綠，沙洲上的白鷗時而飛翔，時而停歇，美麗的魚兒在水中暢游；岸邊的水草和蘭花，香氣濃鬱，顏色青翠。有時大片的煙霧完全消散，皎潔的月光一瀉千里，照在湖面上金光閃耀，月影映入水底，像沉潛的玉璧，漁夫的歌聲互相唱和，眞是其樂無窮！這時登上岳陽樓，就會心胸開闊，精神愉快，榮辱全都忘卻，端起酒來臨風暢飲，那心情眞是快樂極了。

唉！我曾經探求古代品德高尚的人的思想感情，或許不同於以上兩種表現，爲什麼呢？他們不因爲外界環境的好壞和自己的得失而或喜或悲。在朝廷做官就爲百姓擔憂，在江湖做平民則替君主擔憂。這樣在朝爲官擔憂，退居江湖爲民也擔憂，那什麼時候才快樂呢？他一定會說「在天下人憂慮之前先憂慮，在天下人快樂之後才快樂」吧。唉，如果沒有這種人，我和誰志同道合呢？

慶曆六年九月十五日。

嚴先生祠堂記①

題解 本文是為嚴子陵祠堂的建造而作。文章既歌頌了漢光武劉秀禮賢下士的闊大胸襟，又讚美嚴子陵泥塗軒冕、淡漠榮利的高風亮節。文章以對偶的形式，將嚴光與劉秀的事迹併列寫出，士人的風節與帝王的氣度互為襯托，兩相輝映。而篇末又以韻文作結，意境開闊，旨趣深遠，結構嚴謹而又靈動，餘味深長。

原文 先生，漢光武之故人也②，相尚以道③。及帝握赤符④，乘六龍⑤，得聖人之時，臣妾億兆⑥，天下孰加焉？惟先生以節高之。既而動星象⑦，歸江湖，得聖人之清，泥塗軒冕⑧，天下孰加焉？惟光武以禮下之。

在《蠱》之上九⑨，衆方有爲，而獨「不事王侯，高尚其事」，先生以之。在《屯》之初九⑩，陽德方亨，而能「以貴下賤，大得民也」，光武以之。蓋先生之心，出乎日月之上；光武之量，包乎天地之外。微先生不能成光武之大⑪，微光武豈能遂先生之高哉？而使貪夫廉、懦夫立，是大有功於名教也⑫。

仲淹來守是邦⑬，始構堂而奠焉，乃復爲其後者四家⑭，以奉祠事。又從而歌曰：「雲山蒼蒼，江水泱泱⑮，先生之風，山高水長。」

注釋 ①嚴先生：指嚴光，字子陵，東漢初會稽餘姚人（今屬浙江）。少與漢光武帝劉秀同學。劉秀即帝位，迎之至洛陽，授爲諫議大夫，不受，歸隱富春江。②光武：東漢開國皇帝劉秀，死後謚號光武帝。③尙：推重，勉勵。④赤符：即《赤伏符》，用隱語寫成的符命之書。古人以所謂天降「祥瑞」徵兆，附會人事，來證明君主登基是天命所授。《後漢書·光武本紀》載，公元二五年，劉秀的軍隊占領鄗（在今陝西境內），書生彊華自關中來見劉秀，獻赤伏符，預言劉秀將會做皇帝。⑤六龍：語出《易·乾卦》：「六爻發揮，旁通情也；時乘六龍，以御天也；雲行雨施，天下平也。」後多以六龍代指天子車駕，這裏指光武稱帝。⑥臣妾：奴隸，這裏指百姓。⑦動星象：據《後漢書·嚴光傳》載：光武帝「引光人論道舊故……因共偃臥，光以足加帝腹上。明日，太史奏客星犯御座甚急。帝笑曰：『朕故人嚴子陵共臥耳。』」⑧軒冕：借指官爵，或者顯貴身份。軒，大夫以上乘坐的一種有帷幕而前頂較高的車子。冕，帝王、諸侯、大夫的禮帽。⑨蠱：《周易》中的卦名。上九：這一卦的第六爻爲陽爻，稱「上九」。⑩屯：《周易》中的卦名。初九：該卦的第一爻爲陽爻叫「初九」。⑪微：無，如果不是。⑫名教：封建時代的倫理道德。⑬守：以較高的官銜到地方上做官。⑭復：免除賦稅和徭役。⑮泱泱：水深廣的樣子。

譯文 先生是光武帝劉秀的老朋友，他們以道義相互推崇。等到光武帝握了赤符，登上皇帝寶座，成爲順應時代的聖人，男女臣民億萬，天下有誰能超過他呢？衹有先生憑他高尚的氣節而超過他。後來驚動星象，歸隱江湖，成爲清靜的聖人，把富貴名利看作泥土，天下有誰能超過他呢？衹有光武帝能以禮節敬重他。

《蠱》卦的上九爻辭中說，大家都在有所作爲，偏偏顯示「不侍奉王侯，保持高尚的節操」，先生正是這樣做的。《易經》屯卦初九的爻辭中說，在帝德正亨通的時候，卻能「降低尊貴的身份去敬重卑賤的人，因而大得民心」，光武帝正是這樣做的。大概先生的心志，比日月還要光明；光武帝的氣度，比天地還要廣闊。沒有先生，不能成就光武帝的偉大；沒有光武帝，又怎能成全先生的高尚節操呢？從而使貪婪的人變得清廉，怯懦的人奮發自立，這對於維護倫理道德是大有貢獻的啊。

仲淹來睦州任太守，開始建造祠堂祭祀先生，又免除嚴先生後代子孫四家的賦稅徭役，讓他們去管理祭祀的事。又進而歌頌道：「雲山鬱鬱蒼蒼，江水浩浩蕩蕩；先生的高風亮節，就像山一樣崇高，水一樣長遠。」

歐陽修

作者簡介 歐陽修（一〇〇七—一〇七二），字永叔，號醉翁，晚號六一居士，吉州永豐（今屬江西）人，北宋政治家、文學家。宋仁宗天聖八年（一〇三〇）進士。初仕洛陽，與梅堯臣等人提倡文學變革。後因支持范仲淹的政治改革主張而被貶。慶曆年間，再度參加范仲淹所主持的「慶曆新政」，屢遭貶謫，曾任夷陵令、滁州知州等職。後累官至翰林學士、樞密副使、參知政事等。卒謚「文忠」。著有《歐陽文忠公集》。

歐陽修是北宋詩文革新運動的領袖，在詩、詞、文、賦等各個領域都取得了傑出的成就。尤其以文章負一代盛名，是「唐宋八大家」之一。他主張文章應「明道」、致用，反對尚奇趨險的文風，并積極培養後進。其散文創作文備衆體，各極其工，短章大論，施無不可。風格平易自然，婉轉曲折，流麗順暢。正如蘇洵在《上歐陽內翰書》中所言：「行徐委備，往復百加，而條達疏暢，無所間斷，氣儘語極，急言竭論，而容與閑易，無艱難勞苦之態。」

雜說三首

題解《雜說三首》是三篇各自獨立又有內在關聯的雜文。作者先在小序中交代了描寫對象和寫作起因，然後就耳聞目見，分為三篇，一事一議。所選擇的皆是日常生活中常見的事物，如蚯蚓鳴叫，隕星墜落和日月運行等。但卻能因小見大，託物抒感，從中引發出一番關於修身勤學、自強不息、救世濟民的大道理。層次清晰，推論合理。語言簡潔平易，平淡樸實，富有抒情意味。

《其一》生動地描寫了蚯蚓的鳴聲，用設問的語氣提出其鳴不止的五種原因，強調作者要有為而發，不作無病呻吟；《其二》借星殞於地、化為瓦礫的現象，強調人們應建功立業，不要被物欲所束縛；《其三》借日月星辰的不停運轉，強調君子應有理想和抱負，奮發有為、自強不息。

原文 夏六月，暑雨既止，歐陽子坐於樹間，仰視天與月星行度，見星有殞者①。夜既久，露下，聞草間蚯蚓之聲益急。其感於耳目者，有動乎其中，作《雜說》。

蚓食土而飲泉，其為生也，簡而易足。然仰其穴而鳴②，若號，若呼，若嘯，若歌。其亦有所求邪？抑其求易足而自鳴其樂邪？苦其生之陋而自悲其不幸邪？將自喜其聲而鳴其類邪？豈其時至氣作不自知其所以然而不能自止者邪？何其聒然而不止也③！吾於是乎有感！

星殞於地④，腥礦頑醜，化爲惡石。其昭然在上而萬物仰之者，精氣之聚爾⑤。及其斃也⑥，瓦礫之不若也。人之死，骨肉臭腐，螻蟻之食爾。其貴乎萬物者，亦精氣也。其精氣不奪於物，則蘊而爲思慮，發而爲事業，著而爲文章，昭乎百世之上而仰乎百世之下，非如星之精氣，隨其斃而滅也，可不貴哉！而生也利欲以昏耗之⑦，死也臭腐而棄之。而惑者方曰：「足乎利欲，所以厚吾身⑧。」吾於是乎有感。

天西行，日月五星皆東行⑨。日一歲而一周。月疾於日，一月而一周。天又疾於月，一日而一周。星有遲有速，有逆有順。是四者，各自行而若不相爲謀，其動而不勞，運而不已，自古以來，未嘗一刻息也。是何爲哉？夫四者，所以相須而成晝夜四時寒暑者也⑩。一刻而息，則四時不得其平，萬物不得其生，蓋其所任者重矣。人之有君子也，其任亦重矣。萬世之所治，萬物之所利，故曰「自強不息」，又曰「死而後已」者，其知所任矣。然則君子之學也，其可一日而息乎！吾於是乎有感。

【注釋】①殞：同「隕」，從高空墜落。②亢：同「冗」，原意閑散，這裏指蚯蚓悠閑的情態。③聒然：聲音嘈雜的樣子。④星：隕石。⑤精氣之聚：《莊子·知北游》：「人之生，氣之聚也。聚則爲生，散則爲死。」精氣，指一種化生萬物的精靈之氣。⑥斃：隕落。此指墜落於地。⑦昏耗：惑亂、損耗。⑧厚：增多。⑨五星：指金、木、水、火、土五大行星。⑩相須：互相配合，互相依靠。

【譯文】六月的夏天，暑季的大雨剛停，歐陽先生坐在樹下，仰望天空和月亮、星星的運行軌迹，看到有星星隕落了。夜已經很深，露水下來了，聽到草叢間蚯蚓的聲音一陣緊似一陣。耳朵、眼睛所感知的東西，在心中有所感觸，於是寫了《雜說》。

蚯蚓吃泥土喝泉水，它的生活簡單而容易滿足。但是它們躲在穴中鳴叫，似乎是在號叫、呼喊、長嘯、歌唱，難道它們也有所求嗎？或者是因爲它們的要求容易滿足，所以以鳴叫來抒發它們的快樂？還是因爲他們簡陋的生活感到困苦，所以悲哀自己的不幸？還是欣賞自己的聲音，所以叫給同伴聽？或者因爲節氣到了，它們根本不知道爲什麼要鳴叫？而且鳴叫起來不能自己停止？這是多麼悠然自得，沒有止境啊！我於是有了感觸。

星星墜落在地上，腥臭堅硬而又難看，變成醜陋的石頭。它赫然在天上的時候，萬物景仰，那時它是精氣聚集而成的。當它隕落的時候，連瓦塊都不如。人死了，骨肉發臭腐爛，螻蟻來吃。人比萬物高貴的地方，也是精氣。人的精氣不被外界奪取的話，則蘊含在體內就成了思想、考慮，抒發出來就成就事業，寫作文章，與百世之前相呼應，被百世之後所敬仰。不像星星的精氣，隨着隕落而消失了，這不是很可貴嗎！活着的時候貪圖利益、欲望而虛度生命，死了之後發臭腐爛被人拋弃。但是糊塗的人不明白這個道理，還說：「滿足我的利益、欲望，用來享受。」我於是有了感觸。

天向西運行，日、月、五星都向東運行。太陽一年轉一圈。月亮比太陽快，一月轉一圈。天又比月亮快，一天轉一圈。星星有慢有快，有逆行的有順行的。這四種事物，各自運行自己的軌道而不相互商量，它們運動而不勞累，運行而不停止，自古以來，還不曾休息一刻。是什麼原因呢？這四種事物，相互依賴形成晝夜、四季、寒暑。停息一刻，則四季不能平衡，萬物不能生長，所以它們的責任很重。人們之間有君子，它們的責任也很重。治理萬世，利用萬物，所以說「自強不息」，又說「死而後已」，他們知道自己的責任。然而君子做學問，難道能停息一天嗎！我於是有了感觸。

醉翁亭記

題解 宋仁宗慶曆五年（一〇四五），歐陽修因論救推行「慶曆新政」諸君子，得罪了守舊官僚，被貶往滁州。第二年寫下這篇《醉翁亭記》。

作者通過對「太守」與游客在醉翁亭中開懷暢飲的歡樂情景，以及亭外四週變化多姿的自然風光的描繪，抒發了自己雖遭貶謫而仍能寄情山水，欣於太平、與民同樂，然而又不能盡去失意寂寞之情的複雜心境。

文章以「樂」字貫串始終，結構精巧，迂迴曲折。語言散駢兼行，長短錯落，於疏朗中見緊湊，活潑中顯嚴謹。且善用虛詞，以二十一個「也」字結句，使文章

音調鏗鏘，回環往復，具一唱三嘆之風致，有很強的藝術感染力。而作者內心深處的孤獨、悵惘之情，以及他希望保持這種官民同樂的美好願望也在這種詠嘆的節奏中得到很好的表現。

原文 環滁皆山也[1]。其西南諸峰，林壑尤美。望之蔚然而深秀者[2]，琅玡也[3]。山行六七里，漸聞水聲潺潺，而瀉出於兩峰之間者，釀泉也。峰迴路轉，有亭翼然臨於泉上者，醉翁亭也。作亭者誰？山之僧智仙也。名之者誰？太守自謂也[4]。太守與客來飲於此，飲少輒醉，而年又最高，故自號曰「醉翁也」。醉翁之意不在酒，在乎山水之間也。山水之樂，得之心而寓之酒也。

若夫日出而林霏開，雲歸而岩穴暝，晦明變化者，山間之朝暮也。野芳發而幽香，佳木秀而繁陰，風霜高潔，水落而石出者，山間之四時也。朝而往，暮而歸，四時之景不同，而樂亦無窮也。

至於負者歌於途，行者休於樹，前者呼，後者應，傴僂提攜[5]，往來而不絕者，滁人游也。臨溪而漁，溪深而魚肥。釀泉爲酒，泉香而酒洌。山肴野蔌[6]，雜然而前陳者，太守宴也。宴酣之樂，非絲非竹。射者中[7]，弈者勝，觥籌交錯[8]，起

坐而喧嘩者，衆賓歡也。蒼顏白髮，頽然乎其中者，太守醉也。已而夕陽在山，人影散亂，太守歸而賓客從也。樹林陰翳⑨，鳴聲上下，游人去而禽鳥樂也。然而禽鳥知山林之樂，而不知人之樂；人知從太守游而樂，而不知太守之樂其樂也。醉能同其樂，醒能述以文者，太守也。太守謂誰？廬陵歐陽修也⑩。

注釋 ①滁：滁州，今屬安徽省。②蔚然：草木茂盛的樣子。③琅玡：山名，在滁州西南十里。相傳東晉元帝司馬睿爲琅玡王時曾避難於此，因以得名。④太守：漢時一郡的行政長官。宋廢郡置州，但依然用來稱州、軍行政長官。此處是作者自稱。⑤傴僂：彎腰曲背的樣子，此指老年人。提攜：攙扶、帶領，此指小孩子。⑥山肴：野味。蔌：菜蔬。⑦射：古代飲宴時一種投壺的游戲，以矢投壺中。按投中的次數來分勝負。⑧觥：酒器。籌：酒籌，喝酒時用行酒令或飲酒計數的簽子。⑨陰翳：樹木遮蔽成陰。翳，遮蔽。⑩廬陵：今江西省吉安市。歐陽修爲永豐人，其先世爲廬陵大族，故此處自稱廬陵人。

譯文 環繞滁州城的都是山。而滁州城西南面的幾座山峰，景色更加優美。遙望樹木茂盛、景致幽深秀麗的，是琅玡山。沿山路走六七里，漸漸聽到潺潺的流水聲，那從兩座山峰間奔瀉而下的，是釀泉。山勢回環，順着蜿蜒的山路拐過去，有座亭子四角翹起，像飛鳥張着翅膀，高踞在釀泉邊上，那就是醉翁亭。建造這亭子的是誰？是山上的僧人智仙。給亭取名的是誰呢？是太守用自已的名字來稱呼它。太守和賓客們來這裏飲酒，喝的酒并不多就醉了，而且年紀又最大，所以自號「醉翁」。其實，醉翁的本意并不在喝酒，而在於借此欣賞山水的美景。欣賞山水的樂趣，是領會在心裏而又寄托在酒中的。

太陽昇起，山林中霧氣消散，黄昏雲霧合聚，山谷幽暗起來，黑暗與光明交替變化，這就是山間的早晚景象。野花盛開，散發出淡淡的清香，樹木茂盛，灑下一片濃蔭。秋高氣爽，霜色潔白，泉水淺了，底石裸露，這就是山間一年四季的景致。清晨上山，傍晚歸來，四季的景致千變萬化，其中的樂趣也是無窮無盡的啊。

至於背着東西的人在路上歡唱，趕路的人在樹下休息，前面的人大聲呼喊，後面的隨口應答，老年人彎腰而行，小孩由大人領着，絡繹不絕，這都是滁州的百姓來這裏游玩。在溪邊釣魚，溪水深魚兒肥，用釀泉造酒，泉水甘甜，酒色清冽，野味蔬果，雜亂地擺在面前，這是太守在宴請賓客的場面。宴飲酣暢的樂趣，不在於琴弦簫管的彈奏。投壺的中了，下棋的勝了，酒杯和籌碼交錯雜陳，人們有時站起，有時坐下，大聲喧鬧，賓客們盡情歡樂。而容顏蒼老，滿頭銀髮，昏昏然地坐在人們中間的，是喝醉了的太守。

不久，太陽落山了，衹見人影散亂，賓客們跟隨太守回去。樹林裏濃陰遮蔽，鳥兒啼叫，這是游人離去後鳥兒在歡唱。然而鳥兒衹知道山林的快樂，卻不知道人們的快樂。而人們衹知道跟隨太守游玩的快樂，卻不知道太守以他們的快樂爲快樂。酒醉時能與人們一起快樂，酒醒之後又能用文章記叙下來的，是太守。太守是誰呢？是廬陵歐陽修。

豐樂亭記

題解 文章開篇叙寫建亭經過，交待豐樂亭的地理位置及周圍的美麗風光。接着宕開一筆，從歷代盛衰的對比中得出「幸生無事之時」的感受，表現了作者對社會安定、民享豐樂的讚美。雖爲游記，卻高屋建瓴，站在歷史的高度，憶古感今，頌揚上德，在從容不迫的叙説中蘊含着居安思危的主旨。「記一亭而由唐及宋，上下數百年之治亂，群雄真主之廢興，一一在目，何等識力！」（沈德潛《唐宋八大家古文讀本》）

全文立意高遠，文筆卓越，語言自然流暢，情致委婉，體現出歐文條達流暢、委婉曲折的獨特風格。

原文 修既治滁之明年①，夏，始飲滁水而甘。問諸滁人，得於州南百步之近。其上則豐山聳然而特立②；下則幽谷窈然而深藏③；中有清泉，滃然而仰出④。俯仰左右，顧而樂之。於是疏泉鑿石，辟地以爲亭，而與滁人往游其間。

滁於五代干戈之際⑤，用武之地也。昔太祖皇帝⑥，嘗以周師破李景兵十五萬於清流山下⑦，生擒其皇甫暉、姚鳳於滁東門之外，遂以平滁。修嘗考其山川，按其圖記，昇高以望清流之關，欲求暉、鳳就擒之所。而故老皆無在也，蓋天下之平久矣。

自唐失其政，海内分裂，豪傑并起而争，所在爲敵國者，何可勝數？及宋受天命，聖人出而海内一。向之憑恃險阻，鏟削消磨，百年之間，漠然徒見山高而水清。欲問其事，而遺老盡矣！今滁介江淮之間，舟車商賈、四方賓客之所不至，民生不見外事，而安於畎畝衣食⑧，以樂生送死。而孰知上之功德，休養生息，涵煦於百年之深也⑨。

修之來此，樂其地僻而事簡，又愛其俗之安閒。既得斯泉於山谷之間，乃日與滁人仰而望山，俯而聽泉。掇幽芳而蔭喬木⑩，風霜冰雪，刻露清秀，四時之景，無不可愛。又幸其民樂其歲物之豐成，而喜與予游也。因爲本其山川，道其風俗之美，使民知所以安此豐年之樂者，幸生無事之時也。夫宣上恩德以與民共樂，刺史之事也⑪。遂書以名其亭焉。

慶曆丙戌六月日⑫，右正言知制誥、知滁州軍州事歐陽修記⑬。

注釋 ①明年：第二年，即宋仁宗慶曆六年（一〇四六）。②豐山：山名，在今安徽省滁州市西南。特立：獨立，挺立。③窈然：深遠，幽深的樣子。④滃然：水涌出來的樣子。⑤五代：指唐宋之間的後梁、後唐、後晉、後漢、後周五個朝代。⑥太祖皇帝：指宋朝開國皇帝趙匡胤。⑦周師：後周的軍隊。趙匡胤曾是後周世宗的部將。李景：即李璟，南唐中主。清流山：在今滁州西南。⑧畎畝：田地，田野。《孟子·告子下》：「舜發於畎畝之中。」⑨涵煦：滋潤養育。⑩掇：采摘。幽芳：清香，此指香花。⑪刺史：唐代稱州的最高行政長官爲刺史，宋代則稱知州。因此，此刺史即爲知州。⑫慶曆丙戌：指宋仁宗慶曆六年（一〇四六）。⑬右正言：諫官。知制誥：官名，掌管爲皇帝起草詔令。知滁州軍州事：即滁州知州。

譯文 我擔任滁州太守的第二年夏天，才喝到滁州的泉水，覺得很甘甜。向滁州人打聽泉水的出處，在距離滁州城南面百步左右的地方找到了水源。它的上面是豐山，高聳挺立；下面是深谷，深深地潛藏着；中間有股清泉，汩汩地涌出。看看上下左右的風景，都讓人覺得愜意。於是就讓人疏通泉水，開鑿岩石，開辟出一塊空地，建造了一座亭子，和滁州人一同去那裏游玩。

滁州在五代戰亂頻繁的時候，是兵家必爭之地。從前太祖皇帝曾經率領後周的部隊，在清流山下擊潰南唐李璟的十五萬大軍，在滁州東門外活捉他的將領皇甫暉、姚鳳，終於平定了滁州。我曾考察過滁州的山河地形，按照它的圖記，登高眺望清流關，想尋找當年皇甫暉、姚鳳被擒的地方。但是當年的父老都已經不在了。大概是因爲天下太平已經很久了。

自從唐朝政局混亂，天下四分五裂，英雄豪杰紛紛起兵爭奪天下，割據一方成爲敵國的，數也數不清。到了大宋朝順應天命，聖人一出，才統一了天下。從前戰爭時所憑借的險關要塞都被削平消滅。百年之間，靜靜地衹看到高聳的山峰和清澈的泉水。想打聽當年的情形，可是經歷過世變的老年人已不在人世了。如今，滁州處在長江、淮河之間，是坐船乘車的商人不到，四方賓客也不來的地方。百姓終生不接觸外面的事情，衹安心耕田、穿衣吃飯，無憂無慮地生兒育女，奉養父母，養老送終。可有誰知道這是皇帝的功德——讓百姓休養生息，哺育教化他們達百年之久呢？

我來到滁州，喜歡這地方的僻靜而政事簡略，又愛它的民風安恬閑適。在山谷間發現了這處甘泉之後，便每天同滁人來這裏抬頭望山，俯首聽泉。春天采摘幽谷中的花草，夏天在茂密的樹下乘涼。秋迎風霜，冬賞冰雪，山川顯露，更覺得清爽秀麗。四時的風光不同，無一不令人喜愛。當地百姓也爲豐收年景而高興，喜歡與我同游。因此我根據滁州山河的特點而稱道這裏的風俗，使百姓明白能夠安享豐年的歡樂，是因爲有幸生於這太平無事的時代。而宜揚皇上的恩德，和百姓同享歡樂，這是刺史應做的事情。於是我把這層意思寫下來，并用它爲亭子命名。

慶曆丙戌六月某日，右正言知制誥知滁州軍州事歐陽修記。

真州東園記[1]

題解 本文作於皇祐三年（一〇五一），是歐陽修受許子春之託為他們所建東園寫的記。

作者根據東園圖和許子春的介紹，充分發揮想象，着重從東園興建前的荒廢冷清到建園後的明秀旖旎的今昔對比中描繪園中之景。文筆流暢，虛實相生，生動傳神，充滿了詩情畫意，表現出高度的藝術創造性。劉大櫆批《真州東園記》曰：「柳州記山水，從實處寫景，歐公記園亭，從虛處生情。柳州山水以幽冷奇峭勝，歐公園林以敷娛都雅勝。此篇鋪敘今日為園之美，一一倒追未有之荒蕪，更有情韻意態。」（清・姚鼐《古文辭類纂》卷五十四）

原文 真爲州，當東南之水會，故爲江淮、兩浙、荆湖發運使之治所[2]。龍圖閣直學士施君正臣、侍御史許君子春之爲使也[3]，得監察御史里行馬君仲塗爲其判官[4]。三人者樂其相得之歡，而因其暇日，得州之監軍廢營以作東園[5]，而日往游焉。

歲秋八月[6]，子春以其職事走京師，圖其所謂東園者來以示予曰：「園之廣百畝，而流水横其前，清池浸其右，高臺起其北。台，吾望以拂雲之亭；池，

吾俯以澄虛之閣；水，吾泛以畫舫之舟。敞其中以爲清宴之堂[7]，辟其後以爲射賓之圃[8]。芙蕖芰荷之的歷[9]，幽蘭白芷之芬芳[10]，與夫佳花美木列植而交陰，此前日之蒼煙白露而荆棘也；高甍巨桷[11]，水光日景，動搖而上下，其寬閑深靚[12]，可以答遠響而生清風，此前日之頹垣斷塹而荒墟也[13]；嘉時令節，州人士女嘯歌而管弦，此前日之晦冥風雨鼪鼯鳥獸之嗥音也[14]。吾於是信有力焉。凡圖之所載，皆其一二之略也。若乃昇於高以望江山之遠近，嬉於水而逐魚鳥之浮沉，其物象意趣，登臨之樂，覽者各自得焉。凡工之所不能畫者，吾亦不能言也，其爲吾書其大概焉。」

又曰：「真，天下之沖也。四方之賓客往來者，吾與之共樂於此，豈獨私吾三人者哉？然而池台日益以新，草木日益以茂，四方之士無日而不來，而吾三人者有時皆去也，豈不眷眷於是哉？不爲之記，則後孰知其自吾三人者始也？」

予以爲三君之材賢足以相濟，而又協於其職，知所先後，使上下給足，而東南六路之人無辛苦愁怨之聲[15]，然後休其餘閒，又與四方賢士大夫共樂於此。是皆可嘉也，乃爲之書。

廬陵歐陽修記。

注釋 ①眞州：治所在今江蘇省儀徵縣，宋代屬淮南東路。②江淮：江南路和淮南路，相當於今江蘇、安徽一帶。兩浙：路名，包括浙江和浙西，今浙江一帶。荆湖：指荆湖南路和荆湖北路，相當於今湖北、湖南一帶。發運使：官名。宋太宗時設置江淮水陸發運，負責漕運糧食供給中原。後遂稱發運使，并兼領荆湖、兩浙諸路。③龍圖閣直學士：宋代官名，爲皇帝管理御書、御制文集及典籍、圖畫等物。爲加官，用以加文學之士，備顧問，與論議，以示尊寵。施正臣：名昌言，字正臣，通州靜海（今屬天津）人，累官江淮發運使。侍御史：御史臺的副長官，負責糾察、彈劾之事。許子春：名元，字子春，宣城（今屬安徽）人，累官江淮發運副使。④監察御史里行：御史中較低一級的官員，有見習、候補之意。判官：協助長官處理公事的僚屬。馬仲途：名遵，字仲途。⑤監軍：官名，軍中的監察官。唐、五代一般由宦官擔任，宋代廢止。⑥歲：指宋仁宗皇祐三年（一〇五一）。⑦清宴：清平安寧。唐吳兢《貞觀政要·政體》：「今陛下富有四海，内外清宴。」⑧射賓之圃：招待賓客舉行射箭游戲的場所。⑨芙蕖芰荷：指荷花。的曆：鮮艷絢麗的樣子。⑩白芷：多年生草本植物，夏季開白花，根可入藥。⑪甍：屋脊。桷：方形的椽子。⑫靚：通「靜」，安靜、幽靜。⑬垣：牆。塹：坑。⑭鼪鼯：黄鼠狼。⑮路：宋代的行政區劃。宋仁宗時全國分爲十八路，多以轉運司管理財賦等。東南六路指淮南路、江南東路、江南西路、兩浙路、荆湖南路、荆湖北路，爲當時主要的糧食産地。

譯文 眞州，處在東南各條水路交會的樞紐，所以成了江淮、兩浙、荆湖發運使衙門所在地。龍圖閣直學士施正臣、侍御史許子春擔任正副發運使，監察御史里行馬仲途君做判官。他們三人相處得很融洽，并以此爲樂，他們利用閑暇時間找到眞州過去監軍荒營的舊址，建造了東園，每天去那裏游玩。

皇祐三年秋天八月，子春因公事來到京城，畫了他們稱作「東園」的圖形來給我看，并説：「東園的面積約有一百畝，前面有水流過，右邊有一泓清池，北面築起了一座高臺。臺上，我們修了一座拂雲亭來遠眺；在池旁，我們建了澄虚閣來俯瞰池水；水上，我們布置了裝飾華麗的游船。園中修建了一座清宴堂，并在園的後部開辟了一處射箭場。園中現在芙蕖芰荷艷麗奪目，幽蘭白芷芳香馥鬱，鮮艷的花朵和秀美的樹木成行成列，濃陰交蔽。從前卻是蒼煙彌漫，白露濕重，荆棘叢生；如今高高的屋脊，巨大的飛檐映在水中，隨着日影水光蕩漾起伏。這裏寬敞而幽靜，可産生遙遠的回聲與徐徐清風，從前卻是斷壁殘垣，一片廢墟；現在每逢良辰佳節，眞州的君子佳人都要在這裏吹彈歌唱，這便是過去幽暗陰森，黄鼠狼出没，鳥鳴獸吼的場所。我們對這座園子眞是盡了力啊。圖上所畫的，不過是園子的大概情況。至於登上高處，眺望遠近的山河，在水中划船嬉戲，觀察魚兒游動和鳥兒飛翔，那景物的韻致和登臨的樂趣，衹有游覽的人各自去領略了。凡是畫工所無法描繪的，我也表達不出來，還是記述一個大概的輪廓吧。

他又說：眞州是天下的交通要道，四方往來的賓客，我們和他們一起在這園中游樂，難道僅僅是爲了我們三個人嗎？然而池臺亭閣一天天地修飾更新，花草樹木一天天地生長茂盛，四方的人士沒有一天不來游覽，而我們三人總有離開的時候，難道會不留戀這園子嗎？不給它寫篇記文，以後誰會知道這東園是我們三人開始修建經營的呢。

我認爲他們三位的才能道德可以互相補益，而且工作上又能通力協作，知道先後輕重，使官府百姓都富裕充足，東南六路的百姓沒有辛苦愁怨的聲音；然後才利用空暇時間，與各地來的賢士大夫一起在東園游樂。這都是值得贊賞的啊！於是給他們寫了這篇記。

廬陵歐陽修記。

與高司諫書①

題解 本文主要是為范仲淹直言進諫遭貶而鳴不平，痛斥高若訥對范仲淹的詆毀。作者本可以慷慨陳詞，痛快淋漓，但他卻采用欲抑先揚，欲破先立的行文方法，先寫從「聞名」到「相識」十四年間，自己對高若訥的印象，以及對他道德人品的三次懷疑，層層揭開了高若訥口是心非、貌似君子而實無操守的畫皮。接着援引史事，揭露其「欲欺今人」，并以仁宗之開諫納言，顯示其有悖君國，重失職守。再以余、尹二人雖非諫臣卻仗義執言的凜然行為，反照高若諾的「不復知人間有羞恥事」，承應前文，徹底揭露了其偽君子的真面目。

文章敘議結合，層層推進，環環緊扣。雖激於義憤，犀利潑辣，直刺高若訥之流的要害，但在行文和語氣上閑與從容，紆徐委備，顯示出歐陽修散文的獨特風格。

原文 修頓首再拜，白司諫足下：某年十七時，家隨州②，見天聖二年進士及第榜③，始識足下姓名。是時予年少，未與人接④，又居遠方，但聞今宋舍人兄弟⑤，與葉道卿、鄭天休數人者⑥，以文學大有名，號稱得人。而足下厠其間⑦，獨無卓卓可道說者⑧，予固疑足下，不知何如人也。

其後更十一年⑨，予再至京師，足下已爲御史里行⑩，然猶未暇一識足下之面。但時時於予友尹師魯問足下之賢否⑪。而師魯說足下：「正直有學問，君子人也。」予猶疑之。夫正直者，不可屈曲；有學問者，必能辨是非。以不可屈之節，有能辨是非之明，又爲言事之官，而俯仰默默⑫，無异衆人，是果賢者耶！此不得使予之不疑也。自足下爲諫官來，始得相識。侃然正色⑬，論前世事，歷歷可聽，褒貶是非，無一謬說。噫！持此辯以示人，孰不愛之？雖予亦疑足下真君子也。

是予自聞足下之名及相識，凡十有四年，而三疑之。今者推其實迹而較之，然後决知足下非君子也。

前日范希文貶官後[14]，與足下相見於安道家[15]。足下詆誚希文爲人[16]。予始聞之，疑是戲言。及見師魯，亦説足下深非希文所爲，然後其疑遂決。希文平生剛正，好學通古今，其立朝有本末[17]，天下所共知。今又以言事觸宰相得罪[18]，足下既不能爲辨其非辜，又畏有識者之責己，遂隨而詆之，以爲當黜，是可怪也。

夫人之性，剛果懦軟，稟之於天，不可勉強。雖聖人亦不以不能責人之必能。今足下家有老母，身惜官位，懼饑寒而顧利祿，不敢一忤宰相以近刑禍，此乃庸人之常情，不過作一不才諫官爾。雖朝廷君子，亦將閔足下之不能，而不責以必能也。今乃不然，反昂然自得，了無愧畏，便毀其賢以爲當黜，庶乎飾己不言之過。夫力所不敢爲，乃愚者之不逮；以智文其過[19]，此君子之賊也。

且希文果不賢邪？自三四年來，從大理寺丞至前行員外郎、作待制日[20]，日備顧問，今班行中無與比者[21]。是天子驟用不賢之人？夫使天子待不賢以爲賢，是聰明有所未盡。足下身爲司諫，乃耳目之官，當其驟用時，何不一爲天子辨其不賢，反默默無一語；待其自敗，然後隨而非之。若果賢邪？則今日天子與宰相以忤意逐賢人，足下不得不言。是則足下以希文爲賢，亦不免責；以爲不賢，亦不免責，大抵罪在默默爾。

昔漢殺蕭望之與王章[22]，計其當時之議，必不肯明言殺賢者也。必以石顯、王鳳爲忠臣，望之與章爲不賢而被罪也。今足下視石顯、王鳳果忠邪？望之與章果不賢邪？當時亦有諫臣，必不肯自言畏禍而不諫，亦必曰當誅而不足諫也。今足下視之，果當誅邪？是直可欺當時之人，而不可欺後世也。今足下又欲欺今人，而不懼後世之不可欺邪？況今之人未可欺也。

伏以今皇帝即位已來，進用諫臣，容納言論，如曹修古、劉越雖歿[23]，猶被褒稱。今希文與孔道輔皆自諫諍擢用[24]。足下幸生此時，遇納諫之聖主如此，猶不敢一言，何也？前日又聞御史臺榜朝堂[25]，戒百官不得越職言事，是可言者惟諫臣爾。若足下又遂不言，是天下無得言者也。足下在其位而不言，便當去之，無妨他人之堪其任者也。昨日安道貶官，師魯待罪，足下猶能以面目見士大夫，出入朝中稱諫官，是足下不復知人間有羞恥事爾。所可惜者，聖朝有事，諫官不言而使他人言之，書在史冊，他日爲朝廷羞者，足下也。

《春秋》之法，責賢者備[26]。今某區區猶望足下之能一言者[27]，不忍便絶足下，而不以賢者責也。若猶以謂希文不賢而當逐，則予今所言如此，乃是朋邪之人爾[28]。願足下直攜此書於朝，使正予罪而誅之，使天下皆釋然知希文之當逐，亦諫臣之一効也。

前日足下在安道家，召予往論希文之事。時坐有他客，不能盡所懷。故輒布區區，伏惟幸察㉙，不宜㉚。修再拜。

注釋 ①高司諫：即高若納，字敏之，并州榆次（今山西榆次）人。時任左司諫。司諫，官名，掌規諫諷諭。②隨州：今湖北隨縣。歐陽修四歲喪父，隨母鄭氏投奔叔父隨州推官歐陽曄，遂定居於此。③天聖二年：即公元一〇二四年。天聖，宋仁宗趙禎年號。④接：交往。⑤宋舍人兄弟：指宋庠、宋祁兄弟，安陸（今屬湖北）人。并有文名，時稱「二宋」。宋庠，字公序，官至兵部侍郎、同平章事。宋祁，字子京，累官龍圖閣學士、史館修撰。二人皆都曾做過翰林學士、知制誥。舍人，中書舍人，官名，掌文書。宋代元豐改制前由知制誥與翰林學士起草詔令，相當於前代中書舍人之職，故稱。⑥葉道卿：即葉淸臣，字道卿，長洲（今江蘇吳縣）人，當時任太常丞。《宋史》本傳稱其「幼敏异，好學，善屬文」。鄭天休：即鄭戩，字天休，吳縣（今江蘇蘇州）人，《宋史》本傳稱其「以屬辭知名」。以上四人與高若訥同爲天聖二年進士。⑦厠：參與，置身其中。⑧卓卓：卓越，高超出衆。⑨更：經歷。更十一年，指宋仁宗景祐元年（一〇三四）。⑩里行：官名，唐代設置，宋因之。有監察御史里行、殿中里行等，皆非正官，也不規定員額。⑪尹師魯：即尹洙，字師魯，河南（今河南洛陽）人。官至起居舍人、直龍圖閣，以提倡古文著稱。天聖、明道間官河

南府戶曹參軍，與作者同在洛陽。⑫俯仰：低頭和抬頭，引申爲隨順適從。⑬侃然：剛正耿直的樣子。⑭范希文：即范仲淹，字希文。見本書范仲淹簡介。⑮安道：即餘靖，字安道，韶州曲江（今廣東韶關）人。以直諫聞名，官至工部尙書。時任集賢校理。范仲淹坐事貶知饒州，靖上書爲其辯護，亦遭貶。⑯詆誚：毀謗譏諷。⑰本末：事物的主次或先後。《禮記・大學》：「物有本末，事有始終。」立朝有本末，指在朝做官有原則，能貫徹始終。⑱以言事觸宰相得罪：指范仲淹以言事得罪宰相呂夷簡等，被貶知饒州（今江西波陽）。⑲文：掩飾。⑳大理寺：古代掌管刑獄的官署，其長官爲大理寺卿。丞：輔佐主要官員做事的官吏。前行員外郎：官名。前行：唐宋制度，尙書省各部排列順序有前行、中行、後行三等。兵部、吏部及左、右司爲前行，刑部、戶部爲中行，工部、禮部爲後行。㉑班行：班次行列，指同朝官員。㉒蕭望之：字長倩，漢宣帝時任太子太傅，受遺詔輔佐幼主元帝。元帝即位後任宰相，頗有政績。後因反對宦官弘恭、石顯等用事，遭到排擠陷害，被迫飲鴆自殺。王章：字仲卿，漢成帝時爲諫議大夫、京兆尹，剛直敢言。因反對外戚王鳳專權，被誣下獄死。㉓曹修古：字述之，建州建安（今福建建甌）人。宋眞宗大中祥符元年（一〇〇八）進士。累官殿中侍御史、刑部員外郎。《宋史》本傳載：「立朝慷慨有風節。當太後臨朝，權幸用事，人人顧望畏忌。而修古遇事輒言，地所國撓。……太後崩，帝思修古忠，特贈右諫議大夫，賜其家錢二十萬。」劉越：字子長，大名（今屬河北）人，進士出身，時爲秘書丞，直言敢諫，曾奏請

章獻太後還政遭貶。仁宗親政時劉越已死，追贈右司諫，賜其家錢十萬。㉔孔道輔：字原魯，曲阜（今山東曲阜）人。官至御史中丞。宋仁宗明道二年（一〇三三）與右司諫范仲淹一起因諫阻廢郭皇後遭貶。景祐二年（一〇三五），召孔道輔爲龍圖閣直學士，范仲淹爲吏部員外郎，權知開封府。㉕御史臺：中國古代掌管監察、彈劾的官署。㉖「《春秋》」二句：《春秋》是我國古代最早的編年體史書，相傳爲孔子所編訂。文字簡約，微言大義，往往寓褒貶於一字，後世稱爲「春秋筆法」。《新唐書·太宗本紀贊》：「《春秋》之法，常責備於賢者，是以後世君子之欲成人之美者，莫不嘆息於斯焉。」責，要求。備，周全。㉗區區：這裏表示誠摯的意思。㉘朋邪之人：與奸邪小人結爲朋黨的人。㉙伏惟：敬詞，意爲俯伏而思。㉚不宜：不再一一細說。舊時書信結尾的套語。

譯文　歐陽修頓首再拜，稟告於司諫足下：我十七歲時，家住隨州，看到天聖二年進士及第的榜文，才知道了您的姓名。當時我年紀還輕，尚未與社會人士交往，又住在僻遠的地方，衹聽說如今的宋舍人兄弟，以及葉道卿、鄭天休等人，由於他們在文章和學問上很有聲望，因此這次進士考試號稱選拔到了人才。而您列名於其中，單單沒有突出的可以稱道的地方，因此我原本就對您產生了疑惑，不知您是怎樣一個人。

這以後過了十一年，我再到京師，您已擔任了御史里行，可還是沒有機會與您見一次面。衹是常常向我的朋友尹師魯打聽您是否賢能的情況。師魯說您正直有學問，是一位君子。對這一說法，我還是有些懷疑。正直的人，應該是不可屈服的；有學問的人，必定能明辨是非。憑借着不可屈服的氣節，有能辨是非的能力，又擔任諫官的職務，卻隨波逐流，默默無言，與一般人沒有任何區別，這果真是賢能的人嗎？這不能不使我懷疑啊！自從您擔任了諫官以後，我們有機會認識。您一副剛正耿直的樣子，表情嚴肅，縱論前代之事，聽上去一件一件清清楚楚。褒揚正義，貶斥奸邪，沒有任何荒謬之處。啊！靠了這些能說會道的本事拿來炫耀，誰會不喜歡呢？雖然這樣，我也還懷疑您是個眞君子。

這是我自從聽說您的姓名直到與您認識，十四年中卻有三次懷疑的情況。如今考察并進一步對照您的實際行爲，然後斷定您不是個君子。

前日范希文貶官以後，我和您在安道家中會面，您極力詆毀、譏笑希文的爲人。我開頭聽到這些話，還以爲您是開玩笑隨便說說的。等到碰見師魯，他也說您極力否定希文的所作所爲，我對您的認識才確信無疑。希文平時爲人剛正不阿、好學博古通今，他在朝爲官，始終如一，秉持正義，這是天下人都知道的，如今又因爲直言行諫觸怒了宰相而獲罪。您既不能爲他辨明無罪，又害怕有識之士會責備自己，於是就跟着別人來詆毀希文，認爲他應當受到貶斥，這種態度眞是讓人感到奇怪。人的性格，或剛正果敢，或怯懦軟弱，都秉承於天性，不可勉強改變。雖是聖人，也不會用辦不到的事情去要求別人一定辦到。如今您家中有老母，自身又愛惜官位，害怕忍饑受凍，一心追求利益俸祿，因而不敢稍有冒犯宰相以致受刑遭禍，這也是一般人所慣有的情性，衹不過是做了一個不稱職的諫官罷了。雖然是朝廷中的品德高尚的君子，也會同情你是無能爲力，而不會強求你去做你做不到的事情。如今卻不是這樣，您反而趾高氣揚，心安理得，沒有一絲一毫的羞愧畏懼，隨意詆毀希文的賢能，認爲他應當遭受貶斥，希望以此掩蓋自己當言而不言的過錯。有能力而不敢去做，那衹是愚笨之人做不到罷了。而用小聰明來掩飾自己的過錯，那就成了混在君子中的敗類了。

況且希文難道眞的不賢嗎？最近三四年以來，從大理寺丞做到前行員外郎，任內閣待制的時候，每天備作皇帝的顧問，如今朝廷大臣中沒有能與他相比的人。這難道是天子瀕瀕起用了沒有才德的人嗎？假使天子把不賢之人當作賢人，那衹能說視聽還不夠靈敏。足下身爲司諫，那正是如同皇上耳目的官職，當希文突然被起用之時，爲什麼不馬上向天子辨明他的不賢，反而一言不發。等到他自己失敗了，然後跟着別人說他的不是。如果希文眞的是賢人，那麼如今天子和宰相因爲他觸犯了他們的旨意而斥逐賢人，您又怎麼能不說話？如此說來，那麼您認爲希文有才德，也不免遭受責備；認爲希文不賢，也不免遭受責備，大概您的過錯就在於當講而不講罷了。

從前漢王朝殺害蕭望之和王章，估計當時朝廷中的議論，必然不肯明確地說是殺了賢者。相反必然把石顯、王鳳說成是忠臣，而是把蕭望之和王章作爲不賢之人而治罪。如今您看石顯、王鳳果眞是忠臣嗎？蕭望之與王章眞的不賢嗎？當時也有諫官，他們必定不肯承認是害怕災禍而不行規諫，也必定會說蕭望之、王章應該被殺而不值得提出意見的。如今您看他們眞的是罪當誅殺嗎？那是衹可能欺騙當時的人們，而不可能欺騙後代的。如今您又想欺騙現在的人們，就不怕後代人是欺騙不過去的嗎？何況現在的人也未必就能欺騙啊。

我恭敬地認爲，當今皇帝即位以來，進用諫官，采納意見，如曹修古、劉越雖然已經去世，還受到褒獎稱揚。如今希文與孔道輔都因爲敢於進諫而被提拔重用。您有幸生逢其時，碰到這樣能聽取意見的聖主，倘且不敢說一句話，爲什麼呢？前幾天又聽說御史臺在朝廷中貼出布告，告誡百官不能向皇帝上書議論職分以外的事，這樣，能夠提意見的衹有諫官了。假如您又不說話，那麼天下就沒有可以說話的人了。您在諫官的職位上卻不出來說話，就應該主動離職，不要妨礙勝任諫官之職的其他人來擔任。昨日安道被貶官，師魯也等着治罪，您還能有臉去見士大夫們，出入朝廷號稱諫官，那衹能說明您不再懂得人間還有羞恥事罷了。令人痛惜的是，當今聖朝出了這些事，諫官不出來說話，卻讓別人去說，如果把這些寫進史書的話，將來使朝廷造成羞辱的，就是您啊！

按照《春秋》的筆法，對賢能之人要求詳盡周全。現在我仍然誠心誠意地希望您能出來說句話的原因，是因爲不忍心對您就此絕望，也不拿賢者的標準來要求您。倘若您還認爲希文不賢而應當斥逐，那麼我今天這樣爲他說話，那就是和他結爲朋黨而行爲不端的小人了。請您直接帶着這封信到朝廷去，讓朝廷依法給我定罪并懲罰我，讓天下人都毫無疑問地認爲希文應當被斥逐，這也是您作爲諫官的一大功勞啊。

前日您在安道家中，把我叫去談談希文的事。當時一起在座的還有其他客人，我不能把心裏的想法全部說出來，所以就寫下了這封信來陳述我的心意，恭敬地希望您能看一看。不再一一細說。歐陽修再拜。

答吴充秀才書[1]

題解 《答吴充秀才書》是一篇書信體文論，是反映歐陽修文學主張的重要著作之一。作者讚揚吴充的文章「辭豐意雄，沛然有不可禦之勢」，也中肯地指出了吴文的缺點及其産生的原因。在文章中，作者一方面强調「道」的重要性，提出「道勝者文不難而自至」的觀點，批評了那種只沈溺於文而「棄百事不關於心」的態度。另一方面又没有抹殺文的作用，而注重文體、文風的變革。這些主張對宋代「古文運動」起了理論指導作用，在我國文學批評史上佔有重要的地位。

原文 修頓首白，先輩吴君足下[2]：前辱示書及文三篇，發而讀之，浩乎若千萬言之多[3]，及少定而視焉，才數百言爾。非夫辭豐意雄，霈然有不可禦之勢[4]，何以至此！然猶自患倀倀莫有開之使前者[5]，此好學之謙言也。

修材不足用於時，仕不足榮於世，其毁譽不足輕重，氣力不足動人。世之欲

假譽以爲重，借力而後進者，奚取於修焉？先輩學精文雄，其施於時，又非待修譽而爲重，力而後進者也。然而惠然見臨，若有所責，得非急於謀道[6]，不擇其人而問焉者歟？

夫學者未始不爲道，而至者鮮焉[7]；非道之於人遠也，學者有所溺焉爾[8]。蓋文之爲言，難工而可喜，易悦而自足。世之學者往往溺之，一有工焉，則曰：「吾學足矣。」甚者至棄百事不關於心，曰：「吾文士也，職於文而已[9]。」此其所以至之鮮也。

昔孔子老而歸魯[10]，六經之作[11]，數年之頃爾。然讀《易》者，如無《春秋》；讀《書》者，如無《詩》，何其用功少而至於至也！聖人之文雖不可及，然大抵道勝者，文不難而自至也。故孟子皇皇不暇著書[12]，荀卿蓋亦晚而有作[13]。若子雲、仲淹[14]，方勉焉以模言語，此道未足而强言者也。

後之惑者，徒見前世之文傳，以爲學者文而已，故愈力愈勤而愈不至。此足下所謂終日不出於軒序[15]，不能縱横高下皆如意者，道未足也。若道之充焉，雖行乎天地，入於淵泉，無不之也。

先輩之文，浩乎霈然，可謂善矣。而又志於爲道，猶自以爲未廣，若不止焉，

孟、荀可至而不難也。修學道而不至者，然幸不甘於所悅而溺於所止。因吾子之能不自止，又以勵修之少進焉。幸甚！幸甚！修白。

注釋

①吳充（一〇二一—一〇八〇）：字仲卿，宋建州浦城（今屬福建）人。曾任國子監直講，官至同書門下平章事。與歐陽修通信時，他還是個秀才，比歐陽修小十三歲。②先輩：宋代對秀才的尊稱。足下：謙敬之詞。古代下對上或同輩之間的敬稱。③浩：原指水勢廣大，這裏形容文章氣勢宏大。④霈然：充沛浩大的樣子。⑤倀倀：茫然不知所措的樣子。⑥得非：副詞，表示推測或反詰。⑦鮮：少。⑧溺：沉迷。⑨職：用作動詞，專門從事。⑩昔孔子老而歸魯：據《史記》記載，孔子五十六歲離開魯國，十四年後回國。⑪六經：即《詩》、《書》、《禮》、《樂》、《易》、《春秋》。⑫皇皇：同遑遑。孟子一生奔走四方，游說諸侯，匆忙不定。⑬荀卿蓋亦晚而有作句：荀卿由齊至楚，春申君任他爲蘭陵令。後來春申君失勢而死，荀卿被免官，晚年著書。⑭子雲：即西漢揚雄，字子雲，曾模仿《易經》著《太玄》，模仿《論語》著《法言》。仲淹：隋代王通，字仲淹。曾模仿《論語》著《中論》。⑮軒序：指屋子。軒，有窗的長廊。序，房子中堂兩旁的隔牆。

譯文

歐陽修頓首，先輩吳君足下：前不久榮幸地接到您寄來的書信和文章三篇，讀後感到內容浩大豐富，好像有洋洋萬言之多，等稍微平靜下來再看，衹有幾百字罷了。如果不是這些文章文辭豐富，意蘊雄厚，猶如江河奔瀉，有不可阻擋之勢，怎麼會到這種地步！但您還自已擔憂方向

昔孔子老而歸魯，六經之作，數年之頃爾。

不明，沒有人來開導，使之繼續前進，這是好學自謙的話啊。

我這個人，才能不足以爲時所用，官職不足榮耀於世，不管對人作出好的壞的評論都沒有作用，本身的力量不能提攜別人。世上想要借別人聲譽來提高自已地位的、想要憑借別人力量謀得晉陞的，能從我這得到什麼呢？先輩學問精湛，文章雄健，將爲世所用，是不需要借助別人的贊揚才能提高地位，借助別人的力量才能晉陞上去的。可您卻肯於跟我接近，似乎有所要求，恐怕正是那種急於探求道理，見人就想請教，顧不上加以挑選的人吧？

大凡學習寫作的人何嘗不在探求道理，可是眞正達到這一目標的人卻很少。并非道理與人太遠，祇是學習寫作的人有所沉迷罷了。文學在所有著述中，難以臻於完善令人喜愛，有了成績容易滿足，沾沾自喜。世上學習寫作的人往往沉迷在現有成績中不再進取，一旦有了成績，就說：「我的學問足夠了。」更有甚者拋弃一切實際工作不予過問，說：「我是讀書人，專心致力於寫文章就可以了。」這就是他們之中達到探求道理這一目標的很少的原因。

從前孔子到老年才回到魯國，刪述六經，祇花了幾年功夫。但人們現在讀《易經》時，好像不知道有《春秋》，讀《尚書》的人好像不知道有《詩經》。爲什麼孔子用功少，而達到的境界卻如此高呢？聖人的文章，雖然我們一般人趕不上，但大體上說，思想認識和道德修養很好的人，文章自然不難達到較高的境界。所以孟子周游列國，匆忙奔走，沒有空閑著書，荀子據說也是到了晚年才

著書立說。至於揚子雲、王仲淹，他們祇是極力從語言形式上模仿聖人，這些都是思想認識和道德修養不夠充分卻勉強要寫作的文人。

後世那些不明白事理的人，祇是看到前人的文章流傳下來，便以爲文人祇要努力寫作就足夠了，所以愈是用力於文章的文采，愈是勤勉學習文章的技巧，反而愈是寫不好文章。這就是您所說的整天不出書齋，下筆之時還是不能隨心所欲、揮灑自如。分析其中原因，是道德修養不夠充分啊。假如道德修養達到，則文筆所至，即使馳騁天地之間，潛入深泉之中，沒有達不到的了。

先輩的文章博大精深，氣勢雄偉，是很好的了。同時又有志於探求道理，還認爲自已未能更廣泛地學習，如果繼續這樣不停地學下去，達到孟子、荀子那樣的境地是不困難的。我雖然是一個學習道理卻沒有達到目標的人，然幸而不滿足於一點成績就沾沾自喜；再加上您的那種好學不倦的精神鼓勵我前進。榮幸得很！榮幸得很！歐陽修敬啓。

釋秘演詩集序①

題解　這是歐陽修為友人秘演的詩集所作的一篇序言。但作者一反一般詩序的俗套，對秘演詩歌的評價很少，僅用一二句話帶過，而是用濃墨巨筆描述他的志趣、人品、文才以及始盛終衰的人生境遇，感嘆智謀雄偉之士不為國家所用，而隱於浮屠之中。對他的窮困潦倒表示了極大的同情，同時隱約透露出對壓抑、埋沒人才這

一社會現象的憤慨與不滿。

文章以議論引出曼卿，再從曼卿引出秘演，并以曼卿襯托秘演，在以賓襯主的描寫中，展示人物的命運，寄託對友人的深切悼念。構思獨特，立意深刻，文筆婉而多諷，含蓄不盡。

原文 予少以進士游京師②，因得盡交當世之賢豪。然猶以謂國家臣一四海③，休兵甲，養息天下以無事者四十年，而智謀雄偉非常之士，無所用其能者，往往伏而不出；山林屠販，必有老死而世莫見者，欲從而求之不可得。

其後得吾亡友石曼卿④。曼卿爲人，廓然有大志⑤，時人不能用其材，曼卿亦不屈以求合；無所放其意，則往往從布衣野老酣嬉淋漓，顛倒而不厭。予疑所謂伏而不見者，庶幾狎而得之⑥，故嘗喜從曼卿游，欲因以陰求天下奇士⑦。

浮圖秘演者，與曼卿交最久，亦能遺外世俗⑧，以氣節相高。二人懽然無所間。曼卿隱於酒，秘演隱於浮圖，皆奇男子也，然喜爲歌詩以自娛。當其極飲大醉，歌吟笑呼，以適天下之樂，何其壯也！一時賢士，皆願從其游，予亦時至其室。十年之間，秘演北渡河，東之濟、鄆⑨，無所合，困而歸。曼卿已死，秘演亦老病。嗟夫！二人者，予乃見其盛衰，則予亦將老矣！

夫曼卿詩辭清絕，尤稱秘演之作，以爲雅健有詩人之意。秘演狀貌雄傑，其胸中浩然。既習於佛無所用，獨其詩可行於世，而懶不自惜。已老，胠其橐⑩，尚得三四百篇，皆可喜者。曼卿死，秘演漠然無所向。聞東南多山水，其巓崖崛峍⑪，江濤洶湧，甚可壯也，欲往游焉。足以知其老而志在也。

於其將行，爲敍其詩，因道其盛時以悲其衰。

慶曆二年十二月二十八日廬陵歐陽修序⑫。

注釋 ①釋：佛教。這裏指佛教徒，即僧人。秘演：山東人，生平不詳。②京師：北宋都城汴京，今河南開封。③臣一：臣服，統一。④石曼卿（九九四—一〇四一）：名延年，河南商丘人，北宋詩人，一生坎坷，抑鬱不得志。⑤廓然：開朗豪放的樣子。⑥狎：態度親近而隨便。⑦陰求：暗中尋求。⑧遺外：超脫，這裏指拋弃世俗的功名利祿。⑨濟、鄆：濟州、鄆州。今山東省濟寧市和鄆城縣。⑩胠：從旁邊打開。橐：口袋。⑪崛峍：高峻陡峭的樣子。⑫慶曆二年：即公元一〇四二年。慶曆，宋仁宗趙禎年號（一〇四一—一〇四八）。

譯文 我年輕時以進士的身份游歷京城，所以有機會廣泛地結交當時的賢士豪杰。但我還是認爲，國家統一、四海臣服、戰事停止、百姓休養生息，天下太平無事已經四十年了，那些智謀杰出的非凡人物，沒有地方施展他們的才能，就常常隱居不出。因而在山林裏，在屠夫、商販中間，一定有老死其間而不被世人發現的人才。我想跟從尋訪他們，可是卻無法辦到。

後來我結識了我的亡友石曼卿。曼卿爲人，心胸開闊，志向遠大。當世的人不能任用他的才能，曼卿也不願屈節去求人賞識；他無處施展自已的抱負，就經常與平民、村夫一起飲酒嬉戲，每次都喝得醉醺醺的，衣服上沾滿了酒，還乘醉題詩，字寫得顛顛倒倒，卻從不感到厭倦。我猜想那些所謂隱居而不被發現的人，或許在這種無拘無束的親密交往中可以發現，所以我經常喜歡跟曼卿去游玩，想通過他來暗中訪求天下奇士。

有位叫秘演的僧人，與曼卿交往最久，也能夠超脫世俗的功名利祿，以崇尚氣節爲高。他們兩人相處融洽，毫無嫌隙。曼卿隱迹於酒徒中間，秘演則隱迹於佛門之中，他們都是杰出的人才，但又都喜歡寫詩自我娛樂。當他們狂飲大醉的時候，歌吟歡呼，以抒發天下最大的樂趣，那是多麼豪壯的氣概啊！當時的賢士都願意與他們做朋友，我也常常走進他們的住所。十年之間，秘演北渡黃河，再折向東，來到濟州和鄆州，沒有人賞識他，又潦倒不堪地回到開封。這時曼卿已經去世，秘演也是衰老多病。唉！這兩個人，我是親眼看到了他們從壯年而至衰老的，那麼我自已也將衰老了吧！

曼卿的詩文特別清新，可他更稱贊秘演的作品，認爲它典雅、雄健，富有詩人的氣息。秘演身材魁梧，相貌不凡，胸中充滿浩然正氣。然而他已經出家學佛了，這一切就沒有地方發揮，衹有他的詩歌還能夠流傳於世，可是他又生性懶散，對自已的作品不大愛惜。現在已經老了，打開他的箱

子，還能找到三四百首，都是人們所喜愛的作品。曼卿死後，秘演覺得寂寞無處可去。他聽說東南地區多山水美景，那裏高峰懸崖，峭拔險峻，長江波濤洶涌，景色極爲壯觀，便想到那兒去游玩。這就足以說明他人雖老而壯志猶存啊！

在他臨行之時，我爲他的詩集寫了這篇小序，想借此介紹他壯年時的突出表現，爲他現在的衰老而悲哀。

慶曆二年十二月二十八日廬陵歐陽修序。

蘇氏文集序

題解 本文是作者爲蘇舜欽文集所作的一篇序文。作者首先高度肯定蘇舜欽不可掩抑的文學才華和特立獨行的高尚人格。繼而通過回顧唐宋古文運動的歷史，表彰蘇舜欽提倡古文的功績，揭示其文將對後世產生深遠的影響。同時，對蘇氏被貶流落而死的遭遇，深表痛惜與悲憤。

作者匠心獨運，將推崇蘇氏文章與慨嘆他的不幸遭遇有機糅和在一起，敘事、議論和抒情相互交融，借文品見人品，以人品襯文品。語言平易流暢，豐滿生動，渲染出十分濃厚的抒情氣氛和真摯感人的藝術魅力。

原文 予友蘇子美之亡後四年①，始得其平生文章遺稿於太子太傅杜公

之家②，而集錄之以爲十卷。

子美，杜氏婿也，遂以其集歸之，而告於公曰：「斯文，金玉也，棄擲埋沒糞土，不能銷蝕。其見遺於一時，必有收而寶之於後世者。雖其埋沒而未出，其精氣光怪已能常自發見，而物亦不能掩也。故方其擯斥摧挫、流離窮厄之時③，文章已自行於天下；雖其怨家仇人，及嘗能出力而擠之死者，至其文章，則不能少毀而掩蔽之也。凡人之情，忽近而貴遠，子美屈於今世猶若此，其伸於後世宜如何也④？公其可無恨。」

予嘗考前世文章政理之盛衰，而怪唐太宗致治幾乎三王之盛⑤，而文章不能革五代之餘習⑥。後百有餘年，韓、李之徒出⑦，然後元和之文始得於古⑧。唐衰兵亂，又百餘年而聖宋興，天下一定，晏然無事。又幾百年⑨，而古文始盛於今。自古治時少而亂時多，幸時治矣，文章或不能純粹，或遲久而不相及，何其難之若是歟？豈非難得其人歟？苟一有其人，又幸而及出於治世，世其可不爲之貴重而愛惜之歟？嗟吾子美，以一酒食之過，至廢爲民而流落以死⑩。此其可以嘆息流涕，而爲當世仁人君子之職位宜與國家樂育賢材者惜也。

子美之齒少於予⑪，而予學古文反在其後。天聖之間⑫，予舉進士於有司，

見時學者務以言語聲偶擿裂⑬，號爲時文⑭，以相誇尚。而子美獨與其兄才翁及穆參軍伯長⑮，作爲古歌詩雜文，時人頗共非笑之，而子美不顧也。其後天子患時文之弊，下詔書諷勉學者以近古⑯，由是其風漸息，而學者稍趨於古焉。獨子美爲於舉世不爲之時，其始終自守，不牽世俗趨捨⑰，可謂特立之士也。

子美官至大理評事、集賢校理而廢⑱，後爲湖州長史以卒⑲，享年四十有一。其狀貌奇偉，望之昂然，而卽之溫溫⑳，久而愈可愛慕。其材雖高，而人亦不甚嫉忌，其擊而去之者，意不在子美也。賴天子聰明仁聖，凡當時所指名而排斥，二三大臣而下㉑，欲以子美爲根而累之者，皆蒙保全，今并列於榮寵㉒。雖與子美同時飲酒得罪之人，多一時之豪俊，亦被收采，進顯於朝廷。而子美獨不幸死矣，豈非其命也？悲夫！

廬陵歐陽修序。

注釋　①蘇子美：指蘇舜欽（一〇〇八—一〇四八），字子美，有《蘇舜欽集》十六卷，歐陽修好友，北宋詩文革新運動的先驅。②太子太傅杜公：即杜衍，字世昌，越州山陰（今浙江紹興）人，官至宰相，好薦引賢士，致仕後進太子太傅。蘇舜欽的岳父。③擯斥：受排擠。窮厄：窮困。④伸：舒展，顯露。⑤致治：達到的政績。三王：三代之王，指夏、商、周三代之君。⑥五代之餘

習：指唐初詩文承前朝遺風，浮靡纖麗。《新唐書·文藝傳序》：「唐有天下三百年，文章無慮三變。高祖、太宗，大難始夷，沿江左餘風，絺句繪章，揣合低卬，故王、楊爲之伯。」唐太宗本人的文章也大受其影響。五代，指梁、陳、齊、周、隋。⑦韓、李：指韓愈、李翱，中唐古文運動的代表人物。⑧元和之文：唐憲宗元和（八〇六—八二〇）年間韓愈、柳宗元等倡導的古文，蔚爲風氣。⑨幾：將近。⑩「以一酒」二句：指蘇舜欽任集賢校理時，在宋仁宗慶曆四年（一〇四四）照例用進奏院賣舊紙的公款祭神、會客，被御史中丞王拱辰及其屬下彈劾，受到撤職除名的處分。與宴的十多人也同時被逐。⑪齒：年齡。⑫天聖：宋仁宗年號（一〇二三—一〇三二）。歐陽修於天聖八年（一〇三〇）年考取進士。⑬擿裂：割裂。⑭時文：指當時流行的四六文。如前文所說的是一種專爲偶句、講究對稱形式的駢文。⑮才翁：蘇舜欽之兄蘇舜元的字。穆參軍伯長：即穆修，字伯長，鄆州（今山東鄆城縣）人。曾任泰州司理參軍，世稱穆參軍。⑯「其後」二句：李燾《續資治通鑒》卷一一三載宋仁宗明道二年（一〇三三）下詔：「近歲進士所試詩賦多浮華，而學古者或不可以自進，宜令有司兼以策論取之。」慶曆四年又下詔：「有司務先聲病章句以拘牽之，則夫豪俊奇偉之士保以奮矣！」要求學習古文。⑰趨捨：取捨，向背。⑱大理評事：大理寺官員，掌管刑法。集賢校理：集賢院官員，校勘古籍圖書。⑲湖州：治所在今浙江吳興。⑳即之溫溫：《論語·子罕》：「望之伊然，即之也溫。」即之，接近。溫溫，柔和可親。㉑二三大臣：指杜衍、范仲淹、富弼等新政的推行者。㉒并列於榮寵：杜衍致仕後，於皇祐元年遷太子太保，進太子太傅。同年，起用富弼爲禮部侍郎。二年，以范仲淹爲戶部侍郎，歐陽修知應天兼南京留守司，并特授尚書吏部郎中兼輕車都尉，故曰「并列於榮寵」。

譯文 我的朋友蘇子美去世四年後，我才在太子太傅杜公的家中得到他生前所寫文章的遺稿，并把它們集中抄錄下來，編爲十卷。

子美是杜公的女婿，於是我將他的文集編好後歸還給杜公，并告訴杜公說：「這些文章，好比金玉，即使被拋弃埋沒在糞土之中，也不會消融腐蝕。雖然被遺弃於一時，但在後世一定有人收集起來當成珍寶。雖然這些文章還被埋沒，但它的精靈之氣和奇光异彩已經常常自己顯現出來，別的東西也不能掩蓋它。所以，當蘇子美遭受打擊、排擠，遇到挫折，顛沛流離，處在困境中的時候，他的文章已經傳於天下；即使他的怨家仇人以及曾經出力排擠他要把他置之死地的人，對於他的文章，也不能稍加損毀掩蓋。大凡人們的感情，忽視近代，重視古代，蘇子美困窘地生活在今天，文章還如此受人重視，那麼，它在後世一定會得到顯揚，情況又會怎麼樣呢？杜公您可以沒有遺憾了。」

我曾經考察前代文章、政治的興盛衰敗情況，很奇怪唐太宗將國家治理得興盛太平，接近三代聖王的盛世時代，可是在文章方面，不能革除五代浮靡文風的殘餘習氣。後來過了一百多年，韓愈、李翱一輩人出現，然後元和年間的文章才恢復了古文的傳統。唐朝衰亡，戰亂不息，又過了一百多年，大宋建立，天下統一安定。又過了將近一百年，古文才在今天興盛起來。自古以來，太平的時代少，混亂的時代多，幸而時代太平了，但文章或不能純正精粹，或過了很久還趕不上時代的步伐。爲什麼如此困難呢？難道不是因爲難以得到那能夠振興文風的人才嗎？如果一旦有了那樣的人，又幸運地出現在太平時代，世人難道可以不爲此重視他、愛惜他嗎？可嘆我的好友子美，因爲一頓酒飯的過錯，以致被削職爲民，流落外地死去；這眞是值得嘆息流淚，使人替當代那些擔任要職，應該爲國家培育優秀人才的仁人君子們感到可惜啊。

子美年齡比我小，可是我學習古文反而在他之後。天聖年間，我在禮部參加進士考試，看見當時學習寫文章的人，追求文辭聲調對偶和摘取、割裂古人文句，并把用這種手段寫成的文章稱之爲「時文」，還以此相互誇耀推崇。而唯獨子美跟他哥哥蘇才翁、參軍穆伯長，寫作古體詩歌和雜文。當時很多人都非議、嘲笑他們，可子美不顧這些。後來，皇上擔憂「時文」的不良影響，下詔書勸勉學寫文章的人要學習古文。從此寫「時文」的風氣才慢慢消失了，而學寫文章的人也逐漸趨向古文了。唯獨子美，在全社會都不寫古文的時候寫古文，他從始至終守定自己的主張，不被世俗的取捨、好惡牽着走，可以稱得上是見解獨特、與衆不同的人啊。

蘇子美官至大理評事、集賢校理便被免職。後來死在任湖州長史任上，享年四十一歲。他相貌奇特雄偉，遠望他感到高不可攀，接近他卻感到和藹可親，時間越久越覺得他值得愛慕。他才能雖然很高，但人們也不太嫉妒他。那些人攻擊、驅逐他，意圖不全在子美一人身上。全靠皇上聰明仁聖，凡是當時因以子美事件爲依據而受到連累的人，從大臣到一般官員，都被保全下來了，得到了皇帝的榮耀恩寵。就是那些與子美同時飲酒而獲罪的人，大都是一時杰出人才，現在也被招納任用，在朝廷擔任要職。可是，唯獨子美不幸離開了人世，這難道不是命嗎？多令人悲痛啊！

梅聖俞詩集序①

廬陵歐陽修序。

題解 梅堯臣是北宋前期的一位著名詩人，他的詩歌創作和理論對轉變宋代詩風曾起過重要作用。但一生仕途蹭蹬，窮困不得志。序文高度評價梅堯臣的詩歌創作成就，對他的久處困境深致痛惜之情。

本文的中心論點是「詩窮而後工」。作者先從詩歌的流傳、發展、創作等方面，提煉出這一千古獨創的命題，并探討了這種說法的真實含義。接着在此基礎上介紹、評論梅堯臣其人其詩。最後寫對梅堯臣詩歌編次的情況，不僅反映了梅堯臣詩數量之衆，而且字裏行間蘊含着對摯友的傾慕和哀痛心情。文章以評述梅堯臣的詩爲中心，將議論、敘事、抒情糅合在一起，筆意縱橫，揮灑自如，但又婉曲紆緩，讀來低回纏綿，一往情深。

原文　子聞世謂詩人少達而多窮②，夫豈然哉？蓋世所傳詩者，多出於古窮人之辭也。凡士之蘊其所有③，而不得施於世者，多喜自放於山巔水涯之外，見蟲魚草木風雲鳥獸之狀類，往往探其奇怪，內有憂思感憤之鬱積，其興於怨刺④，以道羈臣寡婦之所嘆⑤，而寫人情之難言。蓋愈窮則愈工。然則非詩之能窮人，殆窮者而後工也⑥。

予友梅聖俞，少以蔭補爲吏⑦，累舉進士，輒抑於有司⑧，困於州縣⑨，凡十餘年。年今五十，猶從辟書⑩，爲人之佐，鬱其所蓄，不得奮見於事業。其家宛陵⑪，幼習於詩，自爲童子，出語已驚其長老⑫。既長，學乎六經仁義之說，其爲文章，簡古純粹，不求苟說於世。世之人徒知其詩而已。然時無賢愚，語詩者必求之聖俞；聖俞亦自以其不得志者，樂於詩而發之，故其平生所作，於詩尤多。世既知之矣，而未有薦於上者。昔王文康公嘗見而嘆曰⑬：「二百年無此作矣！」雖知之深，亦不果薦也。若使其幸得用於朝廷，作爲雅、頌⑭，以歌詠大宋之功德，薦之清廟⑮，而追商、周、魯頌之作者，豈不偉歟！奈何使其老不得志，而爲窮者之詩，乃徒發於蟲魚物類，羈愁感嘆之言。世徒喜其工，不知其窮之久而將老也！可不惜哉！

聖俞詩既多，不自收拾。其妻之兄子謝景初，懼其多而易失也，取其自洛陽至於吳興以來所作⑯，次爲十卷⑰。予嘗嗜聖俞詩，而患不能盡得之，遽喜謝氏之能類次也，輒序而藏之。

其後十五年⑱，聖俞以疾卒於京師，餘既哭而銘之⑲，因索於其家，得其遺稿千餘篇，并舊所藏，掇其尤者六百七十七篇⑳，爲一十五卷。嗚呼！吾於聖俞詩論之詳矣，故不複云。

盧陵歐陽修序。

注釋　①梅聖俞：即梅堯臣（一〇〇二—一〇六〇），字聖俞，宣州宣城（今安徽宣城）人，北宋著名詩人，是歐陽修的好朋友。著有《宛陵集》。②達：顯達，得志。窮：困厄，此指政治上不得重用。③士：指知識分子。蘊：蓄聚。④興：產生，興起。怨刺：怨恨，諷刺。⑤羈臣：指羈旅流竄之臣，在异地爲官或被貶謫。⑥殆：大概。⑦蔭補爲吏：依靠祖先功勛而得官。梅堯臣蔭襲其祖父梅詢的官爵爲河南主簿。⑧輒：總是。有司：負有專責的官吏，這裏指主考官。⑨困於州縣：梅堯臣曾從太廟齋郎出任相城等縣主簿和德興縣等縣知縣。⑩辟書：州府長官發出的徵召副職或隨從人員的文件。這裏指梅堯臣曾被忠武鎮安兩軍聘爲幕僚。⑪宛陵：今安徽省宣城縣，梅堯臣的故鄉。⑫長老：年長的人，師長前輩。⑬王文康公：即王曙（九六三—一〇三四），字晦叔，河南（今河南洛陽東）人。宋仁宗時官至樞密使、同中書門下平章事。爲官簡嚴謙謹，注意薦拔人才。謚號「文康」。⑭雅、頌：原指《詩經》中「雅」、「頌」一類的作品。雅樂爲朝廷的樂曲，頌爲宗廟祭祀的樂曲。這裏泛指頌揚太平盛世的詩歌。⑮清廟：宗廟，古代帝王、諸侯祭祀祖先的處所。⑯洛陽：今河南省洛陽市。吳興：縣名，今浙江省湖州市。⑰次：編排。⑱其後十五年：指宋仁宗嘉祐五年（一〇六〇）。⑲銘之：爲其作墓志銘。⑳掇：采取，選擇。

譯文

我聽世人說：詩人仕途暢達得意的少，潦倒不得志的多。難道眞是這樣嗎？大概是由於世上所流傳下來的詩歌，大多出於古代困厄之士的筆下吧。大凡胸藏才智抱負，但又不能充分施展於世的讀書人，大多喜歡放縱於山水之間，看見蟲魚、草木、風雲、鳥獸等事物，常常要探究它們的奇特怪异的地方，把鬱積胸中的苦悶憂愁、感慨憤激等情緒，感發寄托於那些怨恨諷刺的作品中，抒發了逐臣寡婦的失意慨嘆，寫出了人所難於言傳的感受。大概詩人處境越是困苦，寫出的作品就越精巧深刻。如此說來，并不是寫詩使人困厄，而應是詩人遭遇困厄後才能寫出好的作品來。

我的朋友梅聖俞，年輕時由於蔭襲而被補爲官吏，多次被推薦參加進士科的考試，但總是受到主考部門的壓制。被困在州縣擔任職務有十多年。現在已經五十歲了，還要靠別人下聘書，去做人家的僚屬。自己的才能智慧受到壓抑，不能在事業上充分地發揮出來。聖俞家鄉在宛陵，幼年時就練習寫詩，還未成年，寫出的詩就已使長輩們感到驚异。長大後，學習了六經仁義的學問，寫出的文章簡古純正，不願意用苟且的態度去取悅世人，因此世人僅僅知道他會寫詩罷了。但是，當時人不論賢愚，衹要談論詩歌一定會向聖俞請教。聖俞也很樂意把他不得志的心情用詩表現出來。因此他平時所寫的作品以詩歌爲多。社會上很多人知道他，卻沒有人向朝廷推薦他。從前王文康公見過到他的詩作，慨嘆地說：「已經有二百年沒有這樣的作品了！」雖然對聖俞了解很深，可還是沒有加以推薦。如果他有幸得到朝廷的任用，寫出如《詩經》中雅、頌一類的作品，來歌頌大宋的功德，把它獻給宗廟，而追隨《商頌》、《周頌》、《魯頌》的作者，難道不是很偉大嗎？可惜他一生不得志，衹能寫一些不得志的詩歌，衹是借助蟲魚之類動物來抒發窮苦愁悶的感嘆。世人衹喜愛他詩歌的工巧，而不了解他窮困已久而老之將至，這難道不讓人嘆息嗎？

聖俞的詩很多，自己卻不整理。他的妻侄謝景初擔心聖俞的詩太多容易散失，選取了他從洛陽到吳興做官這段時間的作品，編爲十卷。我曾特別喜歡聖俞的詩作，擔心不能全部得到，十分高興謝氏能爲它分類編排，就爲詩集寫了序，收藏起來。

此後十五年，聖俞因病在京師去世，我去哭吊，同時爲他寫好了墓志銘。便向他家索求舊稿，得到他的遺稿一千多篇，和過去所保存的，選取其中最優秀的六百七十七篇，編爲詩集十五卷。啊，我對聖俞的詩歌所寫的評論，已經很詳細了。所以這裏不再重複。

廬陵歐陽修序。

新五代史伶官傳序①

題解　這篇文章是歐陽修為《新五代史·伶官傳》作的序。作者總結了後唐莊宗荒於逸樂導致敗國亡身的歷史教訓，深刻闡明了國家盛衰取決於人事，「憂勞可以興國，逸豫可以亡身」的道理。

文章以「盛衰」二字發端，以「人事」為歸本，以莊宗得失作實證，以論帶史，以史印證，熔敘事、議論於一爐，緊緊抓住盛衰興亡、得失成敗的強烈對比，反復論說，論述精辟，具有很強的說服力和感染力。清人沈德潛謂此文：「抑揚頓挫，得《史記》神髓，《五代史》中第一篇文字。」（沈德潛《唐宋八大家文讀本》）

原文　嗚呼！盛衰之理，雖曰天命，豈非人事哉！原莊宗之所以得天下②，與其所以失之者，可以知之矣。

世言晉王之將終也③，以三矢賜莊宗而告之曰：「梁，吾仇也④；燕王，吾所立⑤；契丹，與吾約爲兄弟⑥；而皆背晉以歸梁。此三者，吾遺恨也。與爾三矢，爾其無忘乃父之志！」莊宗受而藏之於廟。其後用兵，則遣從事以一少牢告廟⑦，請其矢，盛以錦囊，負而前驅，及凱旋而納之。

方其繫燕父子以組⑧，函梁君臣之首⑨，入於太廟，還矢先王，而告以成功，其意氣之盛，可謂壯哉！及仇讎已滅⑩，天下已定，一夫夜呼，亂者四應⑪，倉皇東出，未及見賊而士卒離散，君臣相顧，不知所歸。至於誓天斷發，泣下沾襟，何其衰也⑫！豈得之難而失之易歟？抑本其成敗之迹，而皆自於人歟？

《書》曰⑬：「滿招損，謙受益。」憂勞可以興國，逸豫可以亡身⑭，自然之理也。故方其盛也，舉天下之豪傑，莫能與之爭；及其衰也，數十伶人困之，而身死國滅，爲天下笑⑮。夫禍患常積於忽微，而智勇多困於所溺⑯，豈獨伶人也哉？作《伶官傳》。

注釋　①伶官：宮廷中授有官職的的樂工和雜劇藝人。②原：推究，考查。莊宗：後唐莊宗李存勖。於公元九二三年滅掉後梁，統一北中國，建立後唐王朝。③晉王：莊宗李存勖之父李克用，屬沙陀族，本姓朱邪，其父歸唐後賜姓李。唐末割據今山西一帶地區，封晉王。④梁，吾仇也：梁，指後梁國王朱溫（朱全忠）。朱溫本爲黃巢部下。後降唐，賜名朱全忠，被封爲梁王。與李克用各擁重兵，相互傾軋，結下世仇。《新五代史·唐本紀四》載：「（李克用）過汴州，休軍封禪寺。朱全忠饗克用於上源驛。夜酒罷，克用醉臥。伏兵發，火起，侍者郭景銖滅燭，匿克用床下，以水醒面而告以難。會天大雨，滅火。克用得從者薛鐵山、賀回鶻等，隨電光，縋尉氏門出還軍中。」⑤燕王，吾所立：燕王，指劉仁恭。《新五代史·劉守光傳》載，劉仁恭本幽州將，李克用以之爲幽州留後，又向唐朝保薦他爲盧龍軍節度使，後與李克用反目，背晉歸梁，大敗李軍於安塞。劉仁恭末稱燕王，其子劉守光始稱燕王，本文統而言之。⑥契丹，與吾約爲兄弟：契丹，北方的一個少數民族。唐末，其首領耶律阿保機建國稱帝，稱契丹，後改國號爲「遼」。耶律阿保機曾與李克用會盟雲中，約爲兄弟，後歸順後梁。《新五代史·四夷附錄第一》載：「梁將篡唐，晉王李克用使人聘於契丹。阿保機以兵三十萬會克用於雲州東城。置酒，酒酣，握手約爲兄弟。……既歸而背約，遣使者袍笏梅老聘梁……約共舉兵滅晉……克用聞之，大恨。」⑦從事：官名，這裏指宮廷內經辦具體事物的官員。少牢：古代祭祀時，用牛、羊、豕爲祭品稱太牢，衹用羊、豕稱少牢。告廟：古代帝王和諸侯外出或有大事，要向祖廟禱告，稱告舉行大事的儀式。廟，祖廟，又稱太廟、宗廟。⑧方其繫燕父子以組：燕父子，指劉仁恭、劉守光父子。《舊五代史·唐書·莊宗紀第二》載：「天祐十年十一月己亥朔，帝下令親征幽州。己未，至範陽……有頃，擒劉仁恭以獻。十二月癸酉，檀州燕樂縣人執劉守光并妻李氏祝氏、子繼祚以獻。……（天祐十一年春正月）壬子，至晉陽，以組練繫仁恭、守光，號令而入。」組，絲帶，這裏指繩子。⑨梁君臣：指梁末帝朱友貞與都將皇甫麟。《舊五代史·梁書·末帝紀下》載：「帝中都之敗，唐（晉）軍長驅將至。……召控鶴都將皇甫麟謂之曰：『吾與晉人世仇，不可俟彼刀鋸。卿可盡我命，無令落仇人之手。』麟不忍。帝曰：『卿不忍，將賣我耶？』……戊寅夕，麟時刃於建國樓之廊下，帝崩。麟卽時自剄。……（唐莊宗）尋詔河南尹張全義收葬之，其首藏於太社。」函：指匣子，此處用作動詞。⑩仇讎：仇敵。⑪「一夫夜呼」二句：《舊五代史·唐書·莊宗紀》載：「（同光四年）貝州（治所在今河北清河縣）軍士皇甫暉等，因夜聚蒱博不勝，遂作亂。」後趙太、李嗣源等相繼叛變。⑫「倉皇東出」以下幾句：同光四年（九二六）三月，皇甫暉兵變後，李存勖避亂至汴州（今河南開封），途中聽說李嗣源（李克用養子）聯合叛軍，攻占汴州，衹好班師回洛陽。「甲戌，次石橋，帝置酒野次，悲啼不樂。……元次等百餘人，垂泣而奏曰：『臣本小人，蒙陛下撫養，位極將相。危難之時，不能立功報主，雖死無以塞責。乞申後効，以報國恩。』於是百餘人皆援刀截髮，置髻於地，以斷首自誓。上下無不悲號。」（《舊五代史·莊宗紀》）⑬《書》：指《尙書》。文中引語見於《尙書·大禹謨》。⑭逸豫：安逸，舒適。⑮「數十人伶人困之」以下幾句：《新五代史·伶官傳》載：「莊宗既好俳優，又知音，能度曲。……自其爲王，至於爲天子，常身與俳優雜戲於庭，伶人由此用事，遂至於亡。」⑯所溺：過分溺愛的人或物。

譯文

唉！國家興盛與衰亡的道理，雖然出於天意，難道不也是由人的意志和行爲所決定的嗎？推究後唐莊宗得天下和失掉天下的原因，就可以明白這個道理了。

世人說晉王李克用臨死時，拿三支箭給莊宗，并告訴他說：「梁王朱全忠是我的仇敵；燕王劉仁恭是我立的；契丹的耶律阿保機曾與我訂立盟約，結爲兄弟，可是他們都背叛我而投靠了後梁。

這三件事，是我死前最大的遺恨，你一定不要忘記你父親的這些願望。」莊宗接過箭，把它收藏在祖廟裏。此後凡出兵作戰，就派隨從官員用全豬、全羊到祖廟祭告，并恭敬地取出三支箭，把它們裝在錦織的口袋裏，讓人背着走在隊伍前面，等到勝利歸來，再把箭藏入祖廟。

當莊宗用繩子捆綁着燕王父子，用木匣裝着後梁君臣的首級，進入太廟，把箭放在父親靈位前面，稟告大功告成的時候，那意氣飛揚的樣子，是多麼的豪壯啊！等到仇敵消滅，天下安定，一個普通士兵在夜間呼喊一聲，叛亂的人便四處響應，莊宗倉促地向東出逃，還沒看到叛軍，士兵就潰散逃跑了，君臣相對而視，不知投到哪裏才好。以至於有些將領對天發誓，割斷頭發扔在地上，君臣痛哭失聲，淚水沾濕衣襟，又是多麼兒狼狽啊！難道是得天下艱難而失掉它卻很容易嗎？還是根據他成敗的事迹來考察，原來都是由於人的主觀因素決定的呢？

《尚書》中說：「自滿會招來禍害，謙虛會得到好處。」爲國事憂慮辛勞可以使國家興盛，而安逸享樂可以使自身喪命，這是很自然的道理啊。所以當莊宗大有作爲的時候，普天下的英雄豪杰沒有一個敢與他爭鋒比勝；等到他衰敗的時候，幾十個藝人的圍困，就使他身亡國滅，被天下人恥笑。看來禍患常常是從極細微的小事中積累起來的，聰明勇敢的人常常會因爲沉溺某事物不能自拔，這難道衹是那些演戲的藝人嗎？我於是寫了《伶官傳》。

題薛公期畫①

題解　此跋對古人繪畫以「形似為難」、「鬼神易為工」的說法表示异議，并由作品本身引發開來，提出畫貴畫「意」的觀點。認為作者如能畫出想象之鬼神的窮奇極怪，使人産生「見輒驚絕」、「筆簡而意足」的感受，才是最高的藝術境界。此處所說的「意」，主要是指人和物的神情、氣韻等內在特徵，與古代畫論中的「神似」有相通之處。

原文　善言畫者，多云鬼神易爲工，以謂畫以形似爲難②。鬼神，人不見也，然至其陰威慘澹，變化超騰而窮奇極怪③，使人見輒驚絕④，及徐而定視，則千狀萬態，筆簡而意足，是不以爲難哉？

此畫雖傳自妙本⑤，然其筆力精勁，亦自有嘉處。嘉祐八年仲春旬休日⑥，竊覽而嘉之⑦，題還薛公期書室。廬陵歐陽修題。

注釋　①薛公期：生平不詳。②「善言畫者」三句：語出《韓非子·外儲說左上》：「犬馬，人所知也，且暮罄於前，不可類之；鬼魅，無形者，不罄於前，故易之也。」③超騰：超越，飛騰。④輒：就，往往。⑤妙本：最好的樣本。本，原畫。⑥嘉祐八年：即公元一〇六三年。嘉祐，宋仁宗趙禎年號（一〇五六—一〇六三）。休日：官員休息沐浴的例假日。⑦竊：表示個人意見的謙詞。

譯文　善於評畫的人，多數認爲畫鬼神最容易精妙，而要按照原樣畫出具體事物的形貌，就十分困難。鬼神，是人們見不着的，可是要描繪出它那陰森、威嚴、凄慘、變化騰躍、極端奇怪的形象，使人一眼看去就驚恐萬分，等到漫漫注視時，又覺得千姿百態、筆法簡勁、精神十足，眞是很難做到呵！

這幅畫雖然是臨摹前人的抄本，但是它的筆力精煉、遒勁，也有自己的長處。嘉祐八年二月的某個休假日，我看了畫後非常贊賞，就在上面寫了這些題詞，再送回到薛公期的書房。廬陵歐陽修題。

祭石曼卿文①

題解　本文是歐陽修爲悼念好友石曼卿而作。文章以「三呼曼卿」統攝全文，逐層深入，感念疇昔，慨嘆盛衰之理。首段頌其聲名卓然不朽，於悲痛中寓含讚頌之情；次段悲其墳墓滿目淒涼，寄託哀傷痛悼之情；末段感念兩人的生前友情，抒發自己的深情哀思。

文章采用實寫和虛寫，現實和想象交織的筆法，駢散結合，一韻到底，音律鏗鏘頓挫，悲涼淒愴，跌宕起伏，語言工麗而又不失平易，感情含蓄而又不晦澀，強烈地抒寫了作者對亡友的懷念之情，并對亡友作了高度的評價，在祭文中別具一格。

原文　維治平四年七月日具官歐陽修②，謹遣尚書都省令史李敭至於太清③，以清酌庶羞之奠④，致祭於亡友曼卿之墓下，而弔之以文。曰：

嗚呼曼卿！生而爲英⑤，死而爲靈。其同乎萬物生死，而復歸於無物者，暫聚之形；不與萬物共盡，而卓然其不朽者，後世之名。此自古聖賢，莫不皆然，而著在簡冊者⑥，昭如日星。

嗚呼曼卿！吾不見子久矣，猶能仿佛子之平生。其軒昂磊落⑦，突兀崢嶸⑧，而埋藏於地下者，意其不化爲朽壤，而爲金玉之精。不然，生長松之千尺，產靈芝而九莖。奈何荒煙野蔓，荆棘縱橫；風淒露下，走磷飛螢⑨！但見牧童樵叟，歌吟上下，與夫驚禽駭獸⑩，悲鳴躑躅而咿嚶⑪。今固如此，更千秋而萬歲兮，安知其不穴藏孤貉與鼯鼪⑫？此自古聖賢亦皆然兮，獨不見夫纍纍乎曠野與荒城！

嗚呼曼卿！盛衰之理，吾固知其如此，而感念疇昔⑬，悲涼悽愴，不覺臨風而隕涕者⑭，有愧乎太上之忘情⑮。尚饗⑯。

注釋　①石曼卿：即石延年（九九四—一〇四一），字曼卿，北宋宋城（今河南商丘）人，北宋文學家，歐陽修好友。②維：發語詞。治平四年：公元一〇六七年。治平，宋英宗年號

（一〇六四—一〇六七）。具官：官爵品級的省稱。唐宋以來，官吏在公文函牘及其他應酬文字中，常將應寫明的官職爵位寫爲具官，表示謙敬。③尚書都省：即尚書省，掌管全國行政的機關。令史：官名，掌管文書工作的低級官員。李敭：其人生平事迹不詳。太清：今河南省商丘市南，石曼卿的葬地。④清酌：古代祭祀所用的清酒。庶羞：各種食品，這裏指祭品。⑤英：英俊超群的人。⑥簡冊：指史籍。簡，古時用來寫字的竹板。⑦軒昂：形容精神飽滿，氣度不凡。磊落：心地光明坦率。⑧突兀：高聳不平。崢嶸：高峻。這裏指人才的優秀。⑨磷：一種非金屬元素。動物尸體腐爛後產生的磷化氫，在空氣中自動燃燒，并發出藍色火焰，夜間常見於墳間荒野，俗稱鬼火。⑩與夫：連接詞，以及，還有。⑪躑躅：徘徊不前。咿嚶：鳥獸悲鳴聲。⑫貉：哺乳動物，外形似狐，穴居河谷、山邊和田野間。鼯鼪：泛指小動物。鼯，鼠的一種，亦稱飛鼠。鼪，黃鼠狼。⑬疇昔：從前。⑭隕涕：落淚。⑮太上之忘情：修養最高的人可以忘記喜怒哀樂之情。太上，最上，這裏指聖人。《世說新語·傷逝》：「聖人忘情，最下不及情，情之所鐘，正在吾輩。」⑯尚饗：祭文的套語。希望死者鬼神來享用祭品之意。

譯文 治平四年七月某日，具官歐陽修派尚書都省令史李敭到太清，以清酒和豐盛的佳肴做祭品，在亡友曼卿的墓前進行祭奠，并用祭文悼念他說：

唉，曼卿！你生前既是人世間的英杰，死後將化爲神靈！那跟萬物一樣由生到死，而最後又回

歸虛無的，是暫時由精氣聚合的身軀；不與萬物一起消失，而出類拔萃永垂不朽的，是流傳後世的美名。自古以來的聖人賢士，都是如此；那些已載入史籍的姓名，輝煌得如太陽星星。

唉！曼卿啊！我不見你已經很久了，可還依稀記得你生前的模樣。你氣度不凡，光明磊落，才華出衆，因而埋葬在地下的遺體，想來不會化爲爛泥腐土，衹會變成最珍貴的金玉。或者就會長成挺拔千尺的青鬆，或者誕生爲名貴的靈芝——生出一株九莖。爲什麼你的墳上竟是荒煙蔓草，荆棘叢生，陰風凄厲，寒露降臨，磷火閃閃，螢蟲亂飛呢？衹見牧童和砍柴的老人，歌唱着在墓間走動；還有慌張受驚的飛禽走獸，徘徊悲鳴。現在已經這樣，經過千秋萬歲之後，怎知道那些狐狸、老鼠和黃鼬等在這裏掏穴藏身？這是自古以來聖人賢士都會遇到的事啊，難道沒有看到那連綿不斷的曠野和荒墳？

唉！曼卿！事物盛衰的規律，我本來早已知道的。但懷念起以前的日子，心中悲涼凄愴，禁不住臨風落淚，也衹好愧於自己達不到聖人那樣淡然忘情的境界。請享用祭品吧！

賣油翁

題解 文章通過一個生動有趣的故事，深刻闡明了熟能生巧，藝無止境的道理。告誡人們絕不能因爲有一技之長就高傲自誇。發人深省，富於哲理。故事擷取的雖衹是實際生活中的一個片斷，卻能把人物的對話，動作、表情逼真地表現出來，栩栩如生。語言簡潔，生動傳神。

原文 陳康肅公堯咨善射①，當世無雙，公亦以此自矜②。嘗射於家圃，有賣油翁釋擔而立，睨之③，久而不去。見其發矢十中八九，但微頷之④。

康肅問曰：「汝亦知射乎？吾射不亦精乎？」翁曰：「無他，但手熟爾。」康肅忿然曰：「爾安敢輕吾射！」翁曰：「以我酌油知之。」乃取一葫蘆置於地，以錢覆其口，徐以杓酌油瀝之⑤，自錢孔入，而錢不濕。因曰：「我亦無他，惟手熟爾。」康肅笑而遣之。

注釋 ①陳堯咨：北宋西蜀人，擅長射箭，曾任荊南太守，死後謚「康肅」。②自矜：自誇。③睨：斜着眼睛看。④頷：點頭。⑤杓：通假字，通「勺」，勺子。瀝：倒，滴。

譯文 康肅公陳堯咨擅長射箭，當時沒有能比得上的，他也以此自誇。有一次在家中的園子裏射箭，有個賣油的老翁放下擔子，站在一旁，斜着眼睛看他，好長時間沒有離開。看到他射出的十箭中八九命中靶子，老人衹是微微地點點頭。

陳先生問道：「你也懂得射箭嗎？我射箭技藝不精湛嗎？」老翁說：「其實也沒有什麼，衹不過是多練手熟罷了。」陳先生聽後惱怒地說：「你怎麼敢輕視我射箭的技藝！」老翁說：「憑我倒油的經驗，懂得這個道理。」說着取出一衹葫蘆放在地上，用一枚銅錢蓋住葫蘆口，不慌不忙地用油提從錢的小孔中灌油進去，油從銅錢的孔中倒入，卻不沾濕銅錢。接着老翁說：「我也沒有什麼特別的，衹是熟而生巧罷了。」陳堯咨笑着將老翁送走了。

秋聲賦

題解 文章以秋聲起興，以主客問答的方式來敘事、寫景、議論。設譬多方，描摹秋聲情狀，訓釋物象物理，將無形的秋聲作了形象的描繪。再由自然界現象推依到人類社會，探討自然與人生的關係，抒發了世事艱難、人生猶勞的無限感慨。全文想象豐富，結構嚴謹，以夜讀聞風始，以童子入睡、蟲聲唧唧作結，前後呼應，情遠意深。語言運駢於散，多用虛詞，錯落有致，辭采絢麗，語言圓轉流暢，音調和諧鏗鏘，突破了六朝以來辭賦凝重板滯的格式，形成宋代文賦的特色。

原文 歐陽子方夜讀書，聞有聲自西南來者，悚然而聽之①，曰：「异哉！」初淅瀝以蕭颯②，忽奔騰而澎湃③，如波濤夜驚，風雨驟至。其觸於物也，鏦鏦錚錚④，金鐵皆鳴；又如赴敵之兵，銜枚疾走⑤，不聞號令，但聞人馬之行聲。余謂童子：「此何聲也？汝出視之。」童子曰：「星月皎潔，明河在天，四無人聲，聲在樹間。」

余曰：「噫嘻悲哉⑥！此秋聲也，胡爲而來哉⑦？蓋夫秋之爲狀也：其色慘澹，煙霏雲斂⑧；其容清明，天高日晶；其氣慄冽，砭人肌骨⑨；其意蕭條，山川寂寥；故其爲聲也，淒淒切切，呼號憤發。豐草綠縟而爭茂⑩，佳木蔥蘢而可悅⑪；草拂之而色變，木遭之而葉脫；其所以摧敗零落者，乃其一氣之餘烈。夫秋，刑官也⑫，於時爲陰⑬；又兵象也，於行爲金⑭，是謂天地之義氣⑮，常以肅殺而爲心。天之於物，春生秋實。故其在樂也，商聲主西方之音⑯，夷則爲七月之律。商，傷也；物既老而悲傷。夷，戮也；物過盛而當殺⑰。」

「嗟乎！草木無情，有時飄零。人爲動物，惟物之靈⑱。百憂感其心，萬事勞其形。有動於中，必搖其精。而況思其力之所不及，憂其智之所不能；宜其渥然丹者爲槁木⑲，黟然黑者爲星星⑳。奈何以非金石之質，欲與草木而爭榮？念誰爲之戕賊㉑，亦何恨乎秋聲㉒！」

童子莫對，垂頭而睡。但聞四壁蟲聲唧唧，如助余之歎息。

注釋 ①悚然：驚訝、恐懼的樣子。②淅瀝：象聲詞，這裏形容雨聲。蕭颯：形容風聲。③澎湃：波浪洶涌聲，此處形容大風之聲。④鏦鏦錚錚：金屬相互撞擊聲。⑤銜枚：古代進軍襲擊敵人時，常令軍士口中銜枚，防止喧嘩，藉以保密。枚，一種筷子狀小棒，兩端有帶，可繫大頸後。以上用風雨、波濤、金鐵、行軍時的聲音來形容秋聲。⑥噫嘻：嘆詞，表示驚嘆。⑦胡：何。⑧霏：迷霧，這裏用爲飄散。斂：收緊，這裏用爲消失。⑨砭：古代用以治病的石針。此處爲針刺之意。⑩縟：繁茂。⑪蔥蘢：樹木繁榮。⑫刑官：執掌刑獄之官。周朝以天地四時之名命官，秋季肅殺萬物，刑官主肅殺，故稱秋官。⑬於時爲陰：古代用陰陽二氣來配合四時，春夏爲陽，秋冬爲陰。⑭於行爲金：古代認爲四季變化是五行（金、木、水、火、土）相生的結果，并把五行與四季相配，秋屬金。⑮義氣：肅殺之氣，意味伸張正義。《禮記·鄉飲酒義》：「天地嚴凝之氣，始於西南而盛於西北，此天地之尊嚴氣也，此天地之義氣也。天地溫厚之氣，始於東北而盛於東南，此天地之盛德氣也，此天地之仁氣也。」由西南到東北，正是秋的方位。⑯商：古代五音（宮、商、角、徵、羽）之一。古代以五音方位來配合四時：角音東方屬春；徵音南方屬夏；商音西方屬秋；羽音北方屬冬；宮音中央屬季夏，故稱商爲西方之音。夷則：古代將五音的十二律分配十二月，夷則配七月，故稱爲「七月之律」。⑰「商，傷也」以下幾句：同音相訓，謂「商」有「作」意，秋主商在物盛必衰，因以悲作。引起下文「物既老而悲傷」。夷，殺戮。七月配夷則，在物極必反，引起下文「物過盛而當殺」。⑱人爲動物，惟物之靈：指人爲萬物之靈，不同於草木的無情。《尚書·泰誓》：「惟人萬物之靈。」惟，爲，是。⑲渥：濃抹，潤澤的樣子。《詩經·秦風·終南》：「顏如渥丹。」槁木：枯木。⑳黟：黑的樣子。星星：形容白髮。㉑戕賊：殘害。㉒恨：埋怨，怨恨。

瀧岡阡表

題解 阡表，即墓表，是一種記敘死者事迹、表揚其功德的文體。歐陽修的《瀧岡阡表》打破一般墓表的常用格式，重在記敘父母的盛德遺訓與精神風貌。作者沒有從正面敘寫父親的品行，而是從側面落筆行文，借用母親言語，敘述父親為人大節。對母親德行則采用直接描寫的方法。這樣虛實結合，父親的清廉好施、篤於孝道、為官仁厚，母親的節儉、安於貧困以及父母對他本人的諄諄教誨都在精彩的白描之中活靈活現，婉曲地表達了作者淒惻的心情。

文章語言舒緩，文字平易，樸質醇厚，而語語入情。當然，其中也流露出顯親揚名、光宗耀祖的思想。

原文 嗚呼！惟我皇考崇公①，卜吉於瀧岡之六十年②，其子修始克表於其阡。非敢緩也，蓋有待也。

修不幸，生四歲而孤。太夫人守節自誓③，居窮，自力於衣食，以長以教，俾至於成人。太夫人告之曰：「汝父為吏，廉而好施與，喜賓客，其俸祿雖薄，常不使有餘，曰：『毋以是為我累。』故其亡也，無一瓦之覆、一壟之植以庇而為生，吾何恃而能自守耶？吾於汝父，知其一二，以有待於汝也。自吾為汝家婦，

不及事吾姑，然知汝父之能養也。汝孤而幼，吾不能知汝之必有立，然知汝父之必將有後也。吾之始歸也，汝父免於母喪方逾年④，歲時祭祀，則必涕泣，曰：『祭而豐，不如養之薄也。』間御酒食⑤，則又涕泣，曰：『昔常不足，而今有餘，其何及也！』吾始一二見之，以為新免於喪適然耳。既而其後常然，至其終身未嘗不然。吾雖不及事姑，而以此知汝父之能養也。汝父為吏，嘗夜燭治官書，屢廢而嘆。吾問之，則曰：『此死獄也，我求其生不得爾。』吾曰：『生可求乎？』曰：『求其生而不得，則死者與我皆無恨也。矧求而有得耶⑥？以其有得，則知不求而死者有恨也。夫常求其生，猶失之死，而世常求其死也。』回顧乳者抱汝而立於旁，因指而嘆，曰：『術者謂我歲行在戌將死⑦，使其言然，吾不及見兒之立也，後當以我語告之。』其平居教他子弟⑧，常用此語。吾耳熟焉，故能詳也。其施於外事，吾不能知。其居於家，無所矜飾⑨，而所為如此，是真發於中者耶！嗚呼！其心厚於仁者耶！此吾知汝父之必將有後也。汝其勉之。夫養不必豐，要於孝；利雖不得博於物，要其心之厚於仁。吾不能教汝，此汝父之志也。」修泣而志之，不敢忘。

先公少孤力學，咸平三年進士及第⑩，為道州判官⑪，泗、綿二州推官⑫，又

爲泰州判官[13]，享年五十有九。葬沙溪之瀧岡。太夫人姓鄭氏，考諱德儀[14]，世爲江南名族。太夫人恭儉仁愛而有禮，初封福昌縣太君[15]，進封樂安、安康、彭城三郡太君[16]。自其家少微時，治其家以儉約，其後常不使過之，曰：「吾兒不能苟合於世，儉薄所以居患難也。」其後修貶夷陵[17]，太夫人言笑自若，曰：「汝家故貧賤也，吾處之有素矣。汝能安之，吾亦安矣。」

自先公之亡二十年，修始得祿而養。又十有二年，列官於朝，始得贈封其親。又十年，修爲龍圖閣直學士、尚書吏部郎中[18]，留守南京[19]，太夫人以疾終於官舍，享年七十有二。又八年，修以非才入副樞密[20]，遂參政事，又七年而罷。自登二府[21]，天子推恩，褒其三世。蓋自嘉祐以來，逢國大慶，必加寵錫。皇曾祖府君累贈金紫光祿大夫、太師、中書令兼尚書令[22]，曾祖妣累封楚國太夫人。皇考崇公累贈金紫光祿大夫、太師、中書令兼尚書令，祖妣累封吳國太夫人。皇考崇公累贈金紫光祿大夫、太師、中書令兼尚書令，皇妣累封越國太夫人。今上初郊[23]，皇考賜爵爲崇國公，太夫人進號魏國。

於是小子修泣而言曰：「嗚呼！爲善無不報，而遲速有時，此理之常也。惟我祖考，積善成德，宜享其隆，雖不克有於其躬，而賜爵受封，顯榮褒大，實有三朝之錫命[24]。是足以表見於後世，而庇賴其子孫矣。」乃列其世譜，具刻於碑，既又載我皇考崇公之遺訓，太夫人之所以教而有待於修者，并揭於阡。俾知夫小子修之德薄能鮮，遭時竊位，而幸全大節，不辱其先者，其來有自。

熙寧三年[25]，歲次庚戌，四月辛酉朔[26]，十有五日乙亥，男推誠、保德、崇仁、翊戴功臣[27]，觀文殿學士[28]，特進[29]，行兵部尚書，知青州軍州事[30]，兼管內勸農使[31]，充京東東路安撫使[32]，上柱國[33]，樂安郡開國公[34]，食邑四千三百戶[35]，食實封一千二百戶[36]，修表。

注釋

①惟：句首助詞。皇考：對亡父的尊稱。《禮記·曲禮下》：「（祭）父曰皇考。」崇公：崇國公的簡稱。歐陽修的父親名觀，字仲賓，死後追封崇國公。②卜吉：占卜吉地。瀧岡：在今江西永豐縣鳳凰山上。③太夫人：古代列侯的妻子稱夫人。列侯死，其子襲封後才得稱其母爲太夫人。此處指歐陽修的母親鄭氏。④免於母喪：母死後守喪三年期滿。⑤間：有時，偶而。御：進用。⑥矧：何況。⑦歲行在戌：歲星運行到戌年。歲星即木星。古人認爲木星十二年繞天一周。因此把木星的運行軌道分爲十二等分，并以天干（甲、乙、丙……）和地支（子、丑、寅……）相配來紀年。⑧平居：平時。⑨矜飾：誇張，掩飾。⑩咸平三年：即公元一〇〇〇年，咸平爲宋真宗年號。⑪道州：治所在今湖南省道縣。判官：州郡長官的僚屬，掌管文書事務。⑫泗：

泗州，治所在今安徽省泗縣。綿：綿州，治所在今四川綿陽。推官：州郡長官的僚屬，掌管刑事，也稱軍事推官。⑬泰州：治所在今江蘇泰州。⑭諱：死者之名曰「諱」。此句言鄭氏的父親名德儀。⑮福昌：今河南宜陽。太君：歐陽修母親的封號。宋代按文武群臣的官階次序封其曾祖母、祖母、母親爲國太夫人、郡太夫人、郡太君、縣太君等，沒有實際封地。⑯樂安：治所在今山東博興。安康：今陝西石泉。彭城：今江蘇徐州。⑰夷陵：今湖北宜昌。⑱龍圖閣直學士：侍從皇帝的文官。龍圖閣是宋代保管圖書典籍的館閣，設有學士等職，直學士品位僅次於學士。《宋史·職官志二》：「閣上以奉太守御書、御制文集……有學士、直學士、待制、直閣等官。」吏部：宋朝屬尚書省，掌管全國官吏的任免、考課、陞降、調動等事務。⑲留守南京：宋朝在西京、南京、北京各置留守一人，以知府兼任。南京爲應天府，治所在今河南省商丘市。⑳非才：才位不相稱，作者自謙之詞。副樞密：即樞密院副使，副作動詞用。樞密使是宋代中央主管軍事的最高機構的長官。㉑二府：宋朝制度，樞密院主管軍事，中書省主管政事，并稱二府。㉒金紫光祿大夫：漢朝置光祿大夫，掌管顧問應對。宋朝爲散官，加金章紫綬者稱金紫光祿大夫。太師：三公之一。周朝設置，歷代相沿，與太傅、太保合稱三公。宋朝列爲贈官，無實職，加太師銜表示恩寵。中書令：宋代一般爲贈官。㉓今上：指宋神宗。郊：祭天。㉔三朝：指宋仁宗、英宗、神宗三朝。㉕熙寧三年：宋神宗熙寧三年（一〇七〇）。㉖四月辛酉朔：四月初一的干支屬辛酉。顧炎武《日知錄·年月朔日子》：「古代人文字，年月之下必系以朔，必言朔之第幾日，而又系之干支，故曰朔日子也。」㉗推誠、保德、崇仁、翊戴功臣：宋朝賜封文武臣僚的功臣號。㉘觀文殿：宋朝廷殿名，置大學士、學士等職。宋代宰相免職以後授觀文殿學士。㉙特進：漢代所置官名，王侯將相功德隆盛之人，賜位特進。宋時改爲散官，正二品。㉚青州：治所在今山東益都縣。㉛內勸農使：掌管鼓勵敦促農業，宋朝爲州官兼任。㉜京東東路：宋朝路名，轄今山東省中部東部地區。安撫使：一路的軍政長官，多由知州兼任。㉝上柱國：宋朝勛官十二級中地位最高的一級。㉞開國公：宋朝封爵的第六等。㉟食邑：享受其封地的租稅。㊱食實封：實封的食邑。食邑制度始於周朝，當時封地裏的租稅爲食邑者所有。宋朝食邑和食實封衹是一種賞賜的名義，并不按實際的數字給予俸祿。

【譯文】唉！先父崇國公，安葬在瀧岡六十年之後，他的兒子修才能夠在墓道上立碑。不是我敢有意拖延，而是有所期待啊。

我很不幸，四歲時父親就去世了。母親立志守節，在貧困的境況下掙錢維持生計。她撫養我，教導我，終於使我長大成人。母親告訴我說：「你的父親爲官清廉，喜歡施捨，樂於接待客人，他的俸祿雖少，卻經常不讓有積餘，他說：『不要讓錢財成爲我的累贅。』所以他去世後，沒留下任何房產和田產，供我們維持生活。我靠什麼才能守節呢？主要是我對你父親的日常行事也略知一二，因而對你有所期待啊。自從我成爲你們家媳婦，婆婆已經過世，沒能侍奉她，但我知道你的父親是個孝敬父母的人。你父親去世時你還小，我不知道你將來能否有成就，可我相信你的父親一定會後繼有人。我剛嫁到你家時，你父親服喪才一年。逢年節祭祀時，一定會流着淚說：『祭祀再豐盛，也不如父母生前微薄的奉養。』偶而進用點好的酒食，又會流淚說：『從前母親在世時家用常常不夠，如今寬裕了，卻不能拿來孝敬母親了。』我開始看到一兩次，還以爲他剛服完喪才會這樣。但後來常常如此，一直到他去世也從未間斷。雖然我沒趕上侍奉婆婆，但從這些事知道你父親是很孝敬父母的。『你父親做官時，曾經在夜裏點着蠟燭批閱公文，多次放下文書嘆氣。我問他是怎麼回事，他就說：『這是該判死刑的案子，我想盡量爲犯人尋求一條生路，卻辦不到啊。』我問：『犯了死罪的人，還可以爲他尋找生路嗎？』他說：『我盡力爲他尋求生路，即使做不到，但死者和我都沒有什麼遺憾了。何況有時通過努力還能免他一死呢？正因爲有時確實能夠做到，所以我知道如果不設法爲他尋求生路，那麼被處死的人一定會有遺恨的啊。這樣經常爲死囚尋求生路，還不免有人被錯殺，何況世上大多官吏常常設法定人死罪呢？』他回頭看見乳母抱着你站在旁邊，就指着你嘆息說：『算命的說我當歲星運行到戌年就會死，如果他的話應驗了，我就看不見兒子長大成人了，將來你要把我的話告訴他。』他也常常用這些話教育其他晚輩，我聽熟了，所以記得很清楚。他在外面如何處理事情，我不了解。但在家裏，從不裝腔作勢，那麼他能夠這樣做，是眞正地發自內心的啊！唉，他是很重視仁義的啊！因此我就知道你父親一定會後繼有人。你一定要努力按照他說的去做。奉養父母不一定要豐厚，關鍵是有孝心；做事雖然不能讓每個人都能得到好處，重要的是有仁愛之心。我沒什麼可教你的，這都是你父親的願望。」我流着淚記下了這些教誨，從不敢忘記。

先父少年喪父，努力讀書，苦學成才，咸平三年考中進士，曾任道州判官，泗、綿二州推官，還做過泰州判官。享年五十九歲，安葬在沙溪的瀧崗。先母姓鄭，她的父親名德儀，世代都是江南有名望的家族。先母恭敬儉約，仁愛而知書達理，開始被封爲福昌縣太君，後來晉封爲樂安、安康、彭城三郡太君。在我們家境貧寒時，她就節儉持家，後來家境富裕了，也常常不許花費過多。她說：「我兒子不能苟且迎合世人，平時儉樸節約是爲了以後能夠應付患難啊。」後來我被貶官夷陵，母親言笑如常，說：「你家本來就貧賤，我已經習慣這種日子。你能安於這種生活，我也能安心過下去。」

先父去世二十年後，我才得到俸祿來供養母親。又過了十二年，我在朝廷做官，才得到贈封親屬的恩典。又過了十年，我做了龍圖閣直學士、尙書吏部郎中，兼任南京留守，此時母親因病逝世於官邸，享年七十二歲。又過了八年，我以平庸的才能進入樞密院任副使，進爲參知政事。七年後被罷免職務。自從進入樞密院和中書省，天子施恩，褒獎我家三代宗親。所以自從嘉祐年間以來，每逢國家大慶，必定對我的先祖加以賜恩。先曾祖父連續受贈爲金紫光祿大夫、太師、中書令，先曾祖母連續受封爲楚國太夫人。先祖父連續受封爲金紫光祿大夫、太師、中書令兼尚書令，先祖母連續受封爲吳國太夫人。先父崇國一再受贈爲金紫光祿大夫、太師、中書令兼尚書令，先母一再受贈爲越國太夫人。皇上初次舉行祭天大禮，先父賜爵爲崇國公，先母進爵爲魏國太夫人。

於是我流着淚說：「唉！做善事不會得不到好報，時間或遲或早，這是常理啊。我先祖和父親積善有德，應該享有這種隆重的恩賜。雖然他們在有生之年不能享受到，但是賜爵位、受封官，經表彰而光榮，褒揚光大，實際享有三朝的恩典，這就足夠使其德行顯揚於後世，使子孫得到庇護了。」於是列出我家世代的譜系，詳細刻在墓碑上，然後又記下先父崇國公的遺訓，以及先母教育我、期待我的話，都寫在阡表上。讓大家知道我德行淺薄，才能有限，衹是適逢其時才竊居高位，但卻有幸保全大節，沒有辱及先祖，這是有原因的。

熙寧三年，歲次庚戌年，四月初一辛酉日，十五乙亥日，子推誠、保德、崇仁、翊戴功臣、觀文殿學士、特進、行兵部尚書、知青州軍州事、兼管內勸農使、充京東東路安撫使、上柱國、樂安郡開國公，食邑四千三百戶，食實封一千二百戶，歐陽修謹立此表。

朋黨論

題解 宋仁宗慶曆三年（一〇四三），改革派杜衍、范仲淹同時執政，一些革新人物入朝，於是保守派便攻擊范仲淹引用「朋黨」。宋仁宗也下詔書「戒百官朋黨」。歐陽修乃作《朋黨論》以復。

文章起筆不凡，開篇即提出「君子無黨，小人有黨」的觀點，揭示全文主旨。接着從理論上闡述君子之朋與小人之朋的本質區別。繼而援引大量史實，證明朋黨的「自古有之」。最後通過對史實的分析，說明國家興亡治亂與朋黨關係密切。人君必「退小人之僞朋，用君子之真朋」，才能使國家長治久安。

全文有的放矢，立論新奇，徵引廣博，剖析透闢，善用排比句法，反復論證，多處轉捩，并采用對比論證的藝術手法，使行文既迂徐有致，又具有不可辯駁的邏輯力量和強烈的戰鬥性。

原文 臣聞朋黨之說，自古有之[1]，惟幸人君辨其君子小人而已。大凡君子與君子，以同道爲朋；小人與小人，以同利爲朋。此自然之理也。然臣謂小人無朋，惟君子則有之。其故何哉？小人所好者祿利也，所貪者財貨也。當其同利之時，暫相黨引以爲朋者[2]，僞也。及其見利而爭先，或利盡而交疏，則反相賊害，雖其兄弟親戚，不能相保。故臣謂小人無朋，其暫爲朋者，僞也。君子則不然。所守者道義，所行者忠信，所惜者名節。以之修身，則同道而相益；以之事國，則同心而共濟；終始如一，此君子之朋也。故爲人君者，但當退小人之僞朋，用君子之真朋，則天下治矣。

堯之時，小人共工、驩兜等四人爲一朋③，君子八元、八愷十六人爲一朋④。舜佐堯，退四凶小人之朋，而進元、愷君子之朋，堯之天下大治。及舜自爲天子，而皋、夔、稷、契等二十二人⑤，并立於朝，更相稱美，更相推讓，凡二十二人爲一朋，而舜皆用之，天下亦大治。《書》曰：「紂有臣億萬，惟億萬心；周有臣三千，惟一心。」⑥紂之時，億萬人各异心，可謂不爲朋矣，然紂以亡國。周武王之臣三千人爲一大朋，而周用以興。後漢獻帝時，盡取天下名士囚禁之，目爲黨人。⑦及黄巾賊起⑧，漢室大亂，後方悔悟，盡解黨人而釋之，然已無救矣。唐之晚年，漸起朋黨之論⑨。及昭宗時，盡殺朝之名士，或投之黄河，曰：「此輩清流，可投濁流。」⑩而唐遂亡矣。

夫前世之主，能使人人异心不爲朋，莫如紂；能禁絶善人爲朋，莫如漢獻帝；能誅戮清流之朋，莫如唐昭宗之世。然皆亂亡其國。更相稱美推讓而不自疑，莫如舜之二十二臣，舜亦不疑而皆用之，然而後世不誚舜爲二十二人朋黨所欺⑪，而稱舜爲聰明之聖者，以辨君子與小人也。周武之世，舉其國之臣三千人共爲一朋，自古爲朋之多且大莫如周，然周用此以興者，善人雖多而不厭也⑫。治亂興亡之迹⑬，爲人君者，可以鑒矣。

注釋 ①朋黨：指同類的人因一定目的結合在一起。朋，同類。「朋黨之説」由來已久，如《韓非子·孤憤》：「朋黨比周以弊主。」其他如《戰國策》、《史記》等都有記載。歐陽修這裏所説的「朋黨」，主要指因政治主張、道義一致而形成的群體，與通常所謂排除异己的宗派和集團是有所不同的。②黨引：結黨互爲援引。③共工、驩兜：傳説中的人物，與三苗（古族名，此處指人名）、鯀（古人名，傳説中夏禹的父親）爲堯時的四凶。見《史記·五帝本紀》。④八元、八愷：傳説中堯舜時的賢臣。元，善良。愷，和樂。《史記·五帝本紀》：「昔高陽氏有才子八人，世得其利，謂之八愷。高辛氏有才子八人，世謂之八元。」⑤皋、夔、稷、契：傳説中舜時的賢臣，分別主管刑獄、音樂、農業、教化。⑥「《書》曰」句：見《尚書·周書·泰誓》：「紂有臣億萬，惟億萬心；武王有臣三千，惟一心。」億萬，形容數量多。⑦「後漢獻帝」以下三句：獻帝當作「靈帝」。東漢自和帝以後，宦官、外戚交替擅權，陳蕃、郭泰、李膺等二百餘著名人士被推爲領袖，反對宦官專權，「激揚名聲，互相題拂，品核公卿，裁量執政。」桓帝延熹九年，李膺等被目爲黨人，遭到逮捕。靈帝時，大將軍竇武與太傅陳蕃起用黨人，欲誅宦官，其事不密，反爲宦官所害，李膺、范滂等「百餘人皆死獄中」，各州郡「死、徙、廢、禁者六七百人」，史稱「黨錮之禍」。目，稱。⑧黃巾：東漢末年張角領導的農民起義軍，起義軍以黃巾裹頭，所以稱爲「黃巾軍」。⑨「唐之晚年」二句：從唐穆宗長慶元年（八二一）起，至宣宗，以牛僧孺、李宗閔爲首的牛黨和以李德裕爲首的李黨之間產生了長期的宗派鬥爭，史稱「牛李黨爭」。⑩「及昭宗時」以下幾句：昭宗應作「昭宣帝」。《新五代史·唐六臣傳》載，唐天祐二年（九〇五），梁王朱全忠欲以嬖臣（受寵幸的近臣）張廷範爲太常卿，遭到裴樞等的反對。朱全忠將裴樞等七人殺害於滑州白馬驛，投尸於黃河。朱全忠的謀士李振因屢試不第，惡縉紳之士，對朱全忠說：「此輩自謂清流，宜投於黃河，永爲濁流。」⑪誚：譏嘲，譴責。⑫厭：滿足。⑬迹：事迹，引申爲道理。

譯文 我聽說關於朋黨的議論，自古以來就有，衹是希望國君能辨明是君子還是小人就是了。

大凡君子與君子，因志同道合結成朋黨，小人與小人因爲私利相投而結成朋黨，這是自然的道理。但我認爲小人之間沒有朋黨，衹有君子之間才有朋黨，爲什麼呢？小人所追求的是高官地位，所貪圖的是錢財。當利益一致時，就暫時互相結黨援引成爲朋黨，這是假的聯合；當發現有利可圖就爭先恐後地勾結在一起，無利可圖時交往就疏遠，甚至反過來互相殘害，即使是兄弟親戚也不顧惜。所以我認爲小人沒有朋黨，他們暫時結爲朋黨，也是假象。君子卻不是這樣，他們所堅守的是道義，所奉行的是忠信，所愛惜的是名節。用這樣的準則來加強自已的品德修養，那志同道合的人就會相互得到益處。用這種準則來爲國效勞，就能同心協力而共獲成功，做到始終如一，這就是君子間的朋黨。所以作爲君主，衹應黜退小人所結成的假朋黨，重用君子的眞朋黨，天下就安定太平了。

在堯帝的時代，小人共工、驩兜等四人結爲一個朋黨，君子八元、八愷十六人結爲一個朋黨。舜輔佐堯帝黜退四個小人結成的小人之朋，而重用「八元」、「八愷」等十六人的君子之黨，堯帝王的天下就特別太平。到舜自己做天子時，皋陶、夔、稷、契等二十二人同在朝中任職，互相稱贊，互相謙讓，二十二人結成一個朋黨，而舜信任重用他們，天下也因而太平。《尚書》上說：「商紂王有臣億萬，卻有億萬條心。周武王有臣三千，卻衹有一條心。」商紂王當政時，億萬人各有不同的心思，可以說是沒有朋黨，但商紂王卻因此亡國。周武王的三千臣子結爲一個大黨，周朝卻因此而興盛起來。東漢獻帝時，囚禁天下的名士，視爲「黨人」。等到黃巾軍起來造反，天下大亂，皇帝才悔悟，赦免了全部黨人，但是國家已經無法挽救了。唐朝末年，漸漸興起關於朋黨的論調。到唐昭宗時，將朝廷上的名臣斬盡殺絕，有的還投進了黃河淹死，并且嘲諷說：「這些人自稱清流，可以把他們投到污濁的黃河。」而唐朝也就此滅亡。

前代的君王中，能使人人懷异心而不結成朋黨的，沒有誰能比得上商紂王；能禁止賢人結成朋黨的，沒有誰比得上漢獻帝；能誅殺清流名士結成的朋黨的，沒有誰比得上唐昭宗的時期，可是他們的國家都因動亂而滅亡。能互相稱贊謙讓而不猜疑的，沒有誰比得上舜的二十二個臣子，舜也不懷疑而非常信任他們。但是後世之人并不責備舜被二十二人的朋黨所欺騙，反而稱頌舜是一位聖明的君主，這是因爲他能夠明辨君子和小人的朋黨。周武王時代，全國三千個臣子結成一個朋黨，自古以來朋黨的人數之多，範圍之廣，沒有哪個朝代比得上周朝的，然而周朝卻因此而興盛起來，這是由於賢才再多也不嫌多啊。那興盛衰亡、太平動亂的歷史事迹，當國君的應當引以爲鑒。

非非堂記

題解　這是一篇富含哲理的小品文，是歐陽修在洛陽任西京留守推官時，為其所修之堂寫的記文。文章解釋了將書房命名為「非非」的原由，借「非非」堂之名來闡述自己的是非觀。

文章開篇連用「秤」、「水」與「人的耳目」三個比喻，通過動靜的對比，指出它們祇有在靜止的條件下，才能發揮作用。接着，層層推進，由物理過渡到人事，形象地闡述其「尚靜」的思想：人必須心靜，不為外物眩晃而動。將自己淡泊明志、寧靜致遠的立身處世原則用於命名堂名。文章行文簡潔，是一篇精悍而意蘊豐富的哲理文。

原文　權衡之平物①，動則輕重差，其於靜也，錙銖不失②。水之鑒物③，動則不能有睹，其於靜也，毫髮可辨。在乎人，耳司聽、目司視，動則亂於聰明④，其於靜也，聞見必審。處身者不爲外物眩晃而動，則其心靜，心靜則智識明，是是非非⑤，無所施而不中。夫是是近於諂，非非近於訕⑥，不幸而過，寧訕無諂。是者，君子之常，是之何加？一以觀之，未若非非之爲正也。

予居洛之明年⑦，既新廳事⑧，有文記於壁末⑨。營其西偏作堂，戶北向，植叢竹，辟戶於其南，納日月之光。設一幾一榻，架書數百卷，朝夕居其中。以其靜也，閉目澄心，覽今照古，思慮無所不至焉。故其堂以「非非」爲名云。

注釋　①權衡：稱量物體輕重的器具。權，稱錘。衡，稱杆。②錙銖：古代兩種很小的重量單位。舊制中，錙爲一兩的四分之一，銖爲一兩的二十四分之一。這裏比喻極微小的數量。③鑒：照，反映。④聰明：本指聽覺和視覺靈敏，耳靈爲聰，目清爲明。文中指視聽。⑤是是非非：肯定正確，否定錯誤。⑥訕：譏諷，誹謗。⑦予居洛之明年：《歐陽文忠公年譜》載：「天聖九年（一〇三一）辛未三月，公至西京。」即明道元年一〇三二，歐陽修二十四歲，任西京留守推官。⑧既新廳事：重新修建河南府官署。新，重新修過。⑨有文紀於壁末：指明道元年作者寫的《河南府重修使院記》一文。

譯文 用秤來稱量物體，晃動時就會產生輕重的差异，而在穩定的時候稱量就不會有差錯。用水來映照物體，晃動時就不能看到影像，而在水面平靜的時候，一絲一毫都可以辨認。對人來說，耳朵是用來聽聲音的，眼睛是用來看物體的，動蕩就會亂了聽與看的尺度。如果在安靜的時候，人聽到和看到的必定是眞實的。處世立身的人如果不被身外事物的眩目耀眼而迷亂，那他的內心就必定安靜，內心安靜則智慧見識就清晰明白，肯定正確的否定錯誤的，無論用在哪裏沒有不成功的。肯定正確的常常近於諂媚，否定錯誤常常近於誹謗，不幸受到指責，寧可被指爲誹謗也不要被指爲諂媚。言行正確，是君子的常態，肯定他又有什麼增益？從總體上看，肯定正確不如否定錯誤更爲可取。

我在洛陽的第二年，重修使院大堂之事已經完成，我寫了一篇文字刻石於壁下。在大堂的西邊建造了偏房，門向北開着，院子裏種植了竹子，在房屋的南面開了窗戶，接收日月的光輝。在屋子裏擺設上一條幾案，一張卧椅，書架上擺了幾百卷書，我早晚就居住在裏面。因爲這裏淸靜，我可以閉目養神，讓思緒清澈明晰，看今日之事，想古人所爲，思想就沒有不可以到達的地方。所以，我把我的這個廳堂命名爲「非非」。

蘇舜欽

作者簡介 蘇舜欽（一〇〇八—一〇四八），字子美，自號滄浪翁。祖籍梓州銅山（今四川省中江縣）人，生於開封（今屬河南）。景祐元年（一〇三四）進士，授光祿寺主簿，任蒙城（今屬安徽）縣令。後由范仲淹推薦，任大理評事、集賢校理等職。因參加以范仲淹為首的政治革新集團，得罪權貴而被免職，隱於蘇州，買水石作「滄浪亭」。後又被起用為湖州長史，不久去世。有《蘇學士文集》。

蘇舜欽是北宋初期詩文革新運動中的一位重要作家。其詩豪放雄健，與梅堯臣併稱為「蘇梅」。同時也擅長古文，其散文或極言時事，或關心民瘼，多寓憤世不平之氣。在寫法上宗法韓柳，不用駢體，簡潔峭拔，瑰奇豪邁，自成一家。

滄浪亭記

題解 宋仁宗慶曆四年（一〇四四）蘇舜欽因反對弊政，直言敢諫而觸怒權貴，獲罪免官。全家遷至蘇州隱居，築滄浪亭而記。

文章先寫罷廢南游的鬱悶不樂，次敘買地築亭的樂趣，集中描述了滄浪亭的水月風光和自己置身其間的怡然情趣，最後議論人生與情性，感嘆「仕宦溺人之為至深」，表達對朝政的不滿和對現實的抗爭。全文情思鬱結，文筆峭勁，熔敘事、寫景、言情於一爐，將優美的景色與悲憤的心情交織在一起，形成了深沈悲壯、雄奇瑰麗的意境。

原文

予以罪廢①，無所歸，扁舟南游，旅於吳中②，始僦舍以處③。時盛夏蒸燠④，土居皆褊狹，不能出氣。思得高爽虛辟之地⑤，以舒所懷，不可得也。一日過郡學，東顧草樹鬱然，崇阜廣水，不類乎城中。并水得微徑於雜花修竹之間，東趨數百步，有棄地，縱廣合五六十尋⑥，三向皆水也。杠之南⑦，其地益闊，旁無民居，左右皆林木相虧蔽。訪諸舊老，云：「錢氏有國⑧，近戚孫承祐之池館也⑨。」坳隆勝勢，遺意尚存。予愛而徘徊，遂以錢四萬得之，構亭北碕⑩，號「滄浪」焉。前竹後水，水之陽又竹無窮極。澄川翠幹，光影會合於軒戶之間，尤與風月爲相宜。

予時榜小舟⑪，幅巾以往⑫。至則灑然忘其歸，觴而浩歌⑬，踞而仰嘯⑭，野老不至，魚鳥共樂。形骸既適，則神不煩；觀聽無邪，則道以明。返思向之汩汩榮辱之場⑮，日與錙銖利害相磨戛⑯，隔此真趣，不亦鄙哉！

噫！人固動物耳⑰！情橫於內而性伏⑱，必外寓於物而後遣。寓久則溺，以爲當然；非勝是而易之，則悲而不開。唯仕宦溺人爲至深。古之才哲君子，有一

失而至於死者，多矣，是未知所以自勝之道。予既廢而獲斯境，安於沖曠，不與衆驅。因之復能乎內外失得之源，沃然有得⑲，笑閔萬古⑳。尚未能忘其所寓，自用是以爲勝焉！

注釋

①予以罪廢：據《宋史・蘇舜欽傳》載：「舜欽娶宰相杜衍女。衍時與仲淹、富弼在政府，多引用一時聞人，欲更張庶事。御史中丞王拱辰等不便其所爲。會進奏院祠神，舜欽與右班殿值劉巽輒用鬻故紙公錢，召妓樂，間多會賓客。拱辰廉得之，諷其屬魚周詢等劾奏，因欲搖動衍。事下開封府劾治。於是舜欽與巽俱坐自盜除名。同時會者皆知名士，因緣得罪逐出四方者十餘人。」此事發生於慶曆四年（一〇四四）。②吳中：即今江蘇蘇州。③僦：租憑。處：居住。④燠：天氣悶熱。⑤虛辟：空曠開闊。⑥尋：古代長度單位，八尺爲一尋。⑦杠：小橋。段玉裁《說文解字注》：「凡獨木者曰杠，駢木者曰橋。」⑧錢氏有國：指五代十國時錢鏐在錢塘（今浙江杭州西）所建立的吳越國。⑨近戚孫承祐：最後一個吳越國王錢俶（錢鏐的孫子）納孫承祐的姐姐爲妃，所以稱孫承祐爲近戚。⑩碕：曲折的堤岸。⑪榜：划船的工具，這裏用作動詞，指划船。⑫幅巾：不着冠，用絹幅束頭發。這是閑散者的裝束。⑬觴：飲酒。⑭踞：蹲坐。⑮汩汩：緊張急迫的樣子。⑯錙銖：錙、銖都是古代很小的重量單位。六銖爲一錙，二十四銖爲一兩。這裏比喻極微小的數量。磨戛：摩擦沖突。這裏比喻官場中的明爭暗鬥。⑰動物：受外物影響而

感動。⑱情横於內而性伏：見《禮記·樂記》：「人生而靜，天之性也；感受於物而動，性之欲也。」横，充斥。性，天賦的本質，天性。伏，隱伏。⑲沃然：充實飽滿的樣子，這裏形容確有所得。⑳閔：同「憫」，悲憫。

【譯文】我因爲獲罪而被貶謫，無處可去，駕着一葉小船向南游歷，寄居吳中，租了房子住下來。當時正值盛夏，天氣非常悶熱，而當地人的房子都十分狹小，不能通風透氣。我想找一個高爽空曠的地方，舒散一下心中的鬱悶，但是找不到。

有一天路過蘇州的官學，向東一望，衹見草木鬱鬱葱葱，山高水闊，不同於城中的景象。沿着河邊雜花修竹掩映的小徑，向東走幾百步，有一塊荒地，方圓約五六十尋，三面臨水。小橋的南面更加開闊，旁邊沒有人居住，四周林木環繞。向了解舊事的老人們打聽，他們說：「錢鏐建立了吳越國，這是吳越王的貴戚孫承祐的花園。」從高高低低的地勢上還約略可以看出當年的優美景致。我很喜歡這地方，徘徊不願離去，於是花四萬錢買了下來。在北面的曲岸邊建了一座亭子，取名「滄浪」。亭的前面是翠竹，後面是流水；水的北面又是竹林，無邊無際。澄澈的流水，翠綠的竹子，水光竹影會合於門窗之間，與清風明月相配，尤其可愛。

我常常乘着小船，以絹幅束發，到亭上游玩。到了亭上就無拘無束，流連忘返，或邊喝酒邊放聲高歌，或蹲坐着仰天長嘯，連鄉野間的老人都見不到，衹有魚兒、鳥兒和我一起歡樂。身體得到

了休息，心靈得到了淨化，不再煩惱；看到的、聽到的沒有邪惡的東西，那麼人生的道理自然就明白了。回過頭來想以前在官場中奔忙，每天爲了小小的利害得失與人發生摩擦冲突，與這美好的山水眞趣相比較，不是太庸俗了嗎？

唉！人本來就是有感於物而後動的！欲望本來作爲人的本性潛伏在內心裏，它必定要寄托在某種外物中才會舒暢。停留的時間久了，就會沉溺其中，認爲那是理所當然的；如果加以克服而換一種心境，那麼就會陷入悲哀的境地而不能自拔。祇有仕宦之途、名利之場最容易使人沉溺的最深。自古以來，不知有多少德才兼備之士因爲政治上的失意而抑鬱、憂悶致死，都是因爲沒有悟出主宰自己、超越自我的方法。我雖然被免官，卻得到這樣的勝境，安於冲淡曠遠，不與衆人一起追名逐利。因此能夠看清本性和外物、沉溺和自勝的道理，怡然自得，悲憫嘲笑古往今來的追名逐利之徒。雖然我還不能忘記寄托感情於外物，但我自認爲已經超脫了對名利的追逐。

曾鞏

作者簡介 曾鞏（一〇一九—一〇八三），字子固，建昌南豐（今屬江西）人。北宋散文家。宋仁宗嘉祐二年（一〇五七）進士。曾任齊州、福州等地知州，官至中書舍人。卒謚「文定」。著有《元豐類稿》。

曾鞏以散文見長，爲「唐宋八大家」之一。他的思想比較正統，文章以政論爲主，擅長紀事言理。風格雍容典雅，淳正厚重。語言簡潔嚴謹，不事辭采。《宋史·曾鞏傳》稱其文「上下馳驟，愈出而愈工，本原六經，斟酌於司馬遷、韓愈，一時工作文詞者，鮮能過也」，在宋代文壇獨樹一幟。

墨池記

題解 本文是作者應撫州州學教授王盛之請而寫的一篇敘記。主要是借王羲之習書遺迹言理。文章先由墨池的傳聞推出王羲之書法系由苦練而造就的結論，然後引申到爲學修身要靠後天勤奮深造的普遍道理。

全文借事立論，因小見大，語簡意深，風格樸實。文中多設問句，即事生情，反復唱嘆，使文章節奏顯得更加舒緩，「令人徘徊賞之」（清·沈德潛《唐宋八大家文讀本》），體現了曾鞏散文深切往復、善於自道的風格，具有很深的感染力量。

原文 臨川之城東①，有地隱然而高，以臨於溪，曰新城。新城之上，有池窪然而方以長②，曰王羲之之墨池者③。荀伯子《臨川記》云也④。羲之嘗慕張芝⑤，臨池學書，池水盡黑，此爲其故迹，豈信然邪？方羲之之不可強以仕⑥，而嘗極東方，出滄海，以娛其意於山水之間。豈其徜徉肆恣⑦，而又嘗自休於此邪？

羲之之書晚乃善⑧，則其所能，蓋亦以精力自致者，非天成也。然後世未有能及者，豈其學不如彼邪？則學固豈可以少哉！況欲深造道德者邪？

墨池之上，今爲州學舍⑨。教授王君盛恐其不章也⑩，書「晉王右軍墨池」之六字於楹間以揭之⑪，又告於鞏曰：「願有記。」推王君之心⑫，豈愛人之善，雖一能不以廢，而因以及乎其迹邪？其亦欲推其事以勉其學者邪⑬？夫人之有一能，而使後人尚之如此，況仁人莊士之遺風餘思，被於來世者何如哉！

慶曆八年九月十二日⑭，曾鞏記。

注釋

①臨川：宋朝縣名，今江西省臨川市。②窪然：低深的樣子。③王羲之（三二一—三七九）：字逸少，東晉琅玡臨沂（今山東臨沂）人，我國古代著名書法家，其書備精衆體，尤擅正書、行書，爲歷代學書者所崇尚。官至右軍將軍，會稽內史，世稱王右軍。④荀伯子：南朝宋潁陰（今河南許昌）人。曾任臨川內史，著《臨川記》六卷，今已佚。⑤張芝：字伯英，東漢酒泉（今甘肅酒泉）人，擅長草書，三國時被韋誕稱爲「草聖」。王羲之對漢、魏書迹，惟推鍾（繇）、張（芝）兩家。⑥方：當。不可強以仕：《晉書·王羲之傳》載，東晉時驃騎將軍王述與王羲之齊名，但王羲之卻很輕視他。王羲之繼王述任會稽內史，王述爲揚州刺史，會稽屬揚州，王羲之恥於做王述的部屬，稱病辭職，并在父母墓前自誓不再出仕。⑦徜徉：徘徊，漫

游。肆恣：自由放縱，任意。⑧羲之之書晚乃善：《晉書·王羲之傳》載，王羲之早年書法不及當時的書法家庾翼、郗愔，晚年才表現出驚人的成就。他曾用草書給庾翼的哥哥庾亮寫信，庾翼見了大爲嘆服，認爲可以和張芝媲美。⑨州學舍：指撫州州學校舍。⑩教授：官名，指州學教授，主管學政和教育所屬生員。《宋史·職官志七》載：「……自是州郡無不有學。始置教授，以經術行義訓導諸生，掌其課試之事，而糾正不如規者。」章：通「彰」，顯揚，著名。⑪楹：房屋前面的柱子。揭：懸挂，標出。⑫推：推想，忖度。⑬其：豈。推：推崇。⑭慶曆八年：公元一〇四八年。慶曆，宋仁宗趙禎年號。

譯文

臨川郡城的東面，有一塊地方高高突起，臨近小溪邊，名叫新城。新城的上面，有一口低窪的水池，呈長方形，據說是王羲之的墨池。這是南朝宋人荀伯子在《臨川記》中的記載。王羲之曾經仰慕并效法張芝，在池邊練字，池水都被染成了黑色，這便是他當年練習書法的遺址，難道果真是這樣嗎？當羲之決心不再做官的時候，曾遍游東方名勝古迹，并乘船出海，在山水之間愉悅身心。難道當他留連風景、盡情游覽的時候，曾經在這休息過嗎？

王羲之的書法到了晚年才完善精妙，看來他之所以能有這麼深的造詣，是刻苦用功的結果，并不是上天特意成就他。然而後世的人沒趕得上他的，恐怕是他們所下的學習功夫不如王羲之吧？由此看來，刻苦學習怎麼可以少呢！更何況要在道德方面達到很高修養的人呢？

在墨池的旁邊，現在是撫州的州學學舍。州學教授王盛怕墨池的來歷不爲人們所知，就寫了「晉王右軍墨池」這六個大字懸挂房屋前的兩柱之間，并且告訴我說：「希望您能寫一篇記。」推測王君的用意，是不是重視別人的長處，即使是一技之長也不肯把它埋沒，因此就連他的遺迹一并重視起來嗎？或者是想推廣王羲之苦學的精神，來勉勵到這裏來學習的人呢？人有一技之長，就能使後人如此景仰，何況那些有道德有修養的人流傳下來的作風和品德，影響到後世的，那又該如何崇敬呢？

慶曆八年九月十二日，曾鞏作記。

道山亭記

題解　本文是作者於宋神宗元豐二年（一〇七九），爲前福州知州程師孟所建之道山亭而寫。文章雖題爲亭記，但對道山亭的描寫僅寥寥幾筆，而是以大量篇幅摹寫閩中水陸之險和福州的風土人情之善，刻畫精細，將山行水涉的崎嶇艱險寫得歷歷在目。最後才寫程師孟依其地之善而築此亭的壯志。文章構思巧妙，角度新穎，行文從容瀟灑，布局嚴謹自然，有柳宗元游記風格。

原文　閩故隸周者也①，至秦開其地列於中國，始并爲閩中郡②。自粵之太末③，與吳之豫章④，爲其通路。其路在閩者，陸出則阸於兩山之間⑤，山相屬無

間斷，累數驛乃一得平地⑥，小爲縣，大爲州，然其四顧亦山也。其途或逆坂如緣絙⑦，或垂崖如一發，或側徑鉤出於不測之溪上，皆石芒峭發⑧，擇然後可投步。負戴者雖其土人，猶側足然後能進。非其土人，罕不躓也⑨。其溪行，則水皆自高瀉下，石錯出其間，如林立，如士騎滿野，千里下上，不見首尾。水行其隙間，或衡縮蟉糅⑩，或逆走旁射，其狀若蚓結，若蟲鏤，其旋若輪，其激若矢。舟泝沿者⑪，投便利，失毫分，輒破溺。雖其土長川居之人，非生而習水事者，不敢以舟揖自任也。其水陸之險如此。漢嘗處其衆江淮之間而虛其地⑫，蓋以其狹多阻，豈虛也哉？

福州治侯官⑬，於閩爲土中，所謂閩中也。其地於閩爲最平以廣，四出之山皆遠，而長江在其南⑭，大海在其東。其城之内外皆塗，旁有溝，溝通潮汐⑮，舟載者晝夜屬於門庭⑯。麓多桀木⑰，而匠多良能。人以屋室鉅麗相矜⑱，雖下貧必豐其居，而佛、老子之徒，其宮又特盛。城之中三山，西曰閩山，東曰九仙山，北曰粵王山，三山者鼎趾立。其附山，蓋佛、老子之宮以數十百，其瑰詭殊絕之狀⑲，蓋已盡人力。

光祿卿、直昭文館程公爲是州⑳，得閩山嶔崟之際㉑，爲亭於其處，其山川

之勝，城邑之大，宮室之榮，不下簟席而盡於四矚㉒。程公以謂在江海之上，爲登覽之觀，可比於道家所謂蓬萊、方丈、瀛州之山㉓，故名之曰「道山之亭」。閩以險且遠，故仕者常憚往㉔。程公能因其地之善，以寓其耳目之樂，非獨忘其遠且險，又將抗其思於埃壒之外㉕，其志壯哉！

程公於是州以治行聞，既新其城，又新其學，而其餘功又及於此。蓋其歲滿就更廣州㉖，拜諫議大夫㉗，又拜給事中、集賢殿修撰㉘。今爲越州㉙，字公闢，名師孟云。

注釋

①閩故隸周者也：閩，今福建省福州市一帶。東西周以至戰國時期，閩地屬越國，而越國又是周的諸侯國。隸，隸屬。②閩中郡：郡名，秦代設置，漢廢。治所在冶縣（今福建福州）。③太末：古縣名，今浙江衢縣。④吳：五代十國時吳國，今江蘇、安徽、江西、湖北等省的一部分。豫章：今江西南昌。⑤阸：阻塞，險要。⑥累：接連。驛：古代供傳遞公文的差人或來往官員途中歇宿、換馬的處所。⑦坂：山坡，斜坡。絙：古同「緪」，粗繩索。⑧峭發：陡峭突出。⑨躓：被絆倒。⑩衡縮：縱橫。蟉糅：盤曲混雜的樣子。⑪溯：逆流而上。沿：順流而下。⑫「漢嘗」句：《史記·東越列傳》：「天子（漢武帝）曰：『東越狹多阻，閩越悍，數反復，詔軍吏皆將其民徙處江淮間。東越地遂虛。』」江淮之間，指長江、淮河之間，即今江

蘇、安徽一帶。⑬侯官：舊縣名，宋屬福建路，即今福州市。⑭長江：此指閩江。⑮潮汐：海水等周期性的漲落現象。早潮稱潮，晚潮稱汐。⑯屬：集合，聚集。⑰麓：山腳。桀：通「杰」，高大。⑱鉅：通「巨」，大。矜：誇耀。⑲瑰詭：奇偉怪异。殊絕：超凡絕俗。⑳光祿卿：官名，光祿寺長官，掌管祭祀、朝會等事。直昭文館：昭文館管事，爲文學侍臣。昭文館，藏經籍圖書之所。程公：程師孟，字公闢。㉑嶔崟：高大、險峻的樣子。㉒簟：竹席。㉓蓬萊、方丈、瀛州：古代傳說中的海上三座神山，在東海。㉔憚：害怕。㉕壒：塵埃，塵土。㉖廣州：舊府名，宋代屬廣南東路，治所在今廣東番禺。㉗諫議大夫：官名，掌管規諫諷諭。㉘給事中：官名，門下省屬官，掌管抄發章疏、稽察違誤等。集賢殿修撰：官名，掌管秘書圖籍等。㉙越州：治所在今浙江紹興。

譯文

福州一帶原來隸屬於周朝，到秦始皇時開辟了這方土地，列入中原版圖，才合并爲閩中郡。從越國的太末，吳地的豫章，修建了通往那裏的道路。閩中的道路，如果是陸路，就被夾在兩座山中間，十分險要，兩旁的山綿延相連，要經過好幾個驛站才能見到一塊平地。小的設縣，大的設州，但是州、縣的四面望去也都是山。山路有的很陡，走在上面像是踩在粗繩上，有的是垂直的山崖，像一絲頭髮，有的小路像鈎子一樣高懸在深不可測的溪流上，岩石陡峭挺拔，要看準了腳下的地方才可以放腳走路。即使是本地人運送東西，也得小心翼翼地側身而行。如果不是當地人，

很少有不被絆倒的。如果是水路，溪水都是從高處奔流而下，岩石交錯露出水面，像樹木聳立，如兵馬遍布野外，上下千里，見不到頭尾。水流在石縫間穿行，有的曲折盤繞流淌，有的倒流旁溢，它的形狀像蚯蚓的結，像雕刻的昆蟲，水的旋渦像車輪轉動，水的激流像射出的箭。船逆行而上或順流而下時，都要行在熟習的水道上，稍微有分毫差錯，就會觸礁破沉。即使是本地人，如果不是一生下來就練習水上功夫，也不敢擔任起行船的職責。閩地水陸兩路就是這樣艱險。漢代曾經命令這裏的居民遷徙到江淮之間，使這地方空着，大概因爲這地方地勢險要、阻礙重重，難道這是虛假的嗎？

福州的州治所侯官，地處福州的中部，也就是所說的閩中。它是福州最平坦寬廣的地方，離四面的山都很遠，而閩江就在它的南邊，大海在它的東邊。城內外道路縱橫，路旁有一條大溝，大溝連通大海的潮水，船載的人和貨物晝夜絡繹不絕地從城門前通過。山腳下長着許多高大的樹木，工匠也大多手藝精湛。人們競相誇耀自己房屋的高大華麗，即使是很貧苦的人也一定要使自己的住宅寬敞富麗，而佛教、道教之徒的廟觀寺觀又尤其豪華。州城中有三座山，西邊的叫閩山，東邊的是九仙山，北邊的叫粵王山，三座山鼎足而立。沿着山勢，佛教、道教的廟宇寺觀有數十上百處，那種宏偉奇异、非同尋常的景觀，也算是用盡了人力。

光祿卿、昭文館管事程公任福州知州，在閩山的高聳處修建了一座亭子，於是這裏山川的幽美，

城池的宏偉，宮室的繁華，不用走出亭子就盡可觀望。程公認爲這亭子處在江海邊上，作登山游覽的景觀，可以和道家所說的蓬萊、方丈、瀛州三座仙山并列，所以爲它起名叫「道山亭」。閩地由於道路險要而偏遠，所以做官的常常怕到此地任職。程公卻能夠依照這地方的長處築亭，用來寄托他觀山聽泉的樂趣。不但忘掉了它的路遠而險峻，而且要用山水景物來陶冶自己的情操，使自已超凡脫俗，他的志向多麼遠大啊！

程公在福州因爲政績突出而聞名，他既使那裏的城池面貌一新，又使那裏的學風煥然一新，并且又辦了建亭這件事。他任期滿了以後，又改任廣州知州，官拜諫議大夫，接着又被任命給事中、集賢殿修撰。他現在擔任越州知州，字公闢，名師孟。

宜黃縣縣學記

題解　本文是曾鞏於宋仁宗皇祐元年（一〇四九）應家鄉撫州宜黃縣官員之請，為宜黃縣縣學建成所作的記文。

文章開宗明義提出「古之人，自家至於天子之國，皆有學」，接着介紹了古代的學校設置、教學內容和教學方法，指出了後代廢學的惡果，又歸到宜黃縣的立學始末并予以讚揚。最後勸勉人們努力於學。文章旨在倡學，開篇切題，段段敘學，先正面談學則興，又反面談不學則敗。從治國談到修身，從思想談到行動。正議反

證，反復辨析，內容充實，議論透徹，於平凡小事之中闡發出經邦治國之志。清蔡世遠認爲「有學識，有筆力」，「堪與《原道》并傳」。（《古文雅正》卷十一）

原文 古之人，自家至於天子之國，皆有學①。自幼至於長，未嘗去於學之中。學有《詩》、《書》、六藝②，弦歌洗爵③，俯仰之容，陞降之節，以習其心體、耳目、手足之舉措④；又有祭祀、鄉射、養老之禮⑤，以習恭讓；進材、論獄、出兵、授捷之法⑥，以習其從事⑦。師友以解其惑，勸懲以勉其進，戒其不率⑧，其所爲具如此。而其大要，則務使人人學其性⑨，不獨防其邪僻放肆也⑩。雖有剛柔緩急之异，皆可以進之於中，而無過不及。使其識之明，氣之充於其心，則用之於進退語默之際⑪，而無不得其宜。臨之以禍福死生之故，而無足動其意者。爲天下之士，而所以養其身之備如此。則又使知天地事物之變，古今治亂之理，至於損益廢置、先後始終之要，無所不知。其在堂戶之上⑫，而四海九州之業⑬、萬世之策皆得。及出而履天下之任⑭，列百官之中，則隨所施爲無不可者。何則？其素所學問然也。

蓋凡人之起居、飲食、動作之小事，至於修身爲國家天下之大體⑮，皆自學出，而無斯須去於教也⑯。其動於視聽四支者⑰，必使其洽於內；其謹於初者，必

使其要於終⑱。馴之以自然，而待之以積久。噫，何其至也。故其俗之成，則刑罰措⑲；其材之成，則三公百官得其士⑳；其爲法之永，則中材可以守；其入人之深。則雖更衰世而不亂。爲教之極至此，鼓舞天下而人不知，其從之豈用力也哉！

及三代衰㉑，聖人之製作盡壞。千餘年之間，學有存者，亦非古法。人之體性之舉動，唯其所自肆㉒；而臨政治人之方，固不素講。士有聰明樸茂之質㉓，而無教養之漸，則其材之不成，固然。蓋以不學未成之材，而爲天下之吏，又承衰弊之後，而治不教之民。嗚呼！仁政之所以不行，賊盜刑罰之所以積，其不以此也歟！

宋興幾百年矣㉔。慶曆三年，天子圖當世之務，而以學爲先㉕，於是天下之學乃得立。而方此之時，撫州之宜黃猶不能有學。士之學者，皆相率而寓於州，以群聚講習。其明年，天下之學復廢，士亦皆散去。而春秋釋奠之事以著於令㉖，則常以廟祀孔氏，廟廢不復理。皇祐元年㉗，會令李君詳至㉘，始議立學。而縣之士某某與其徒，皆自以謂得發憤於此，莫不相勵而趨爲之。故其材不賦而羨㉙，匠不發而多。其成也，積屋之區若干㉚，而門序正位㉛，講藝之堂、棲士之舍皆足。積器之數若干，而祀飲寢食之用皆具。其像，孔氏而下從祭之士皆備㉜。其書經

史百氏、翰林子墨之文章無外求者㉝。其相基會作之本末㉞，總爲日若干而已，何其周且速也！

當四方學廢之初，有司之議㉟，固以謂學者人情之所不樂。及觀此學之作，在其廢學數年之後，唯其令之一唱㊱，而四境之內回應，而圖之如恐不及。則夫言人之情不樂於學者，其果然也歟？

宜黄之學者，固多良士，而李君之爲令，威行愛立，訟清事舉，其政又良也。夫及良令之時，而順其慕學發憤之俗，作爲宫室教肄之所㊲，以至圖書器用之須，莫不皆有，以養其良材之士。雖古之去今遠矣，然聖人之典籍皆在，其言可考，其法可求。使其相與學而明之。禮樂節文之詳，固有所不得爲者。若夫正心修身，爲國家天下之大務，則在其進之而已。使一人之行修移之於一家，一家之行修，移之於鄉鄰族黨，則一縣之風俗成，人材出矣。教化之行，道德之歸，非遠人也㊳，可不勉歟！

縣之士來請曰：「願有記。」故記之。十二月某日也。

注釋

①「古之人」以下三句：語本《禮記·學記》：「古之教者，家有塾，黨有庠，術有序，國有學。」庠、序皆爲學校名。②《詩》：指《詩經》。《書》：《尚書》。六藝：禮、樂、射、御、書、數此六種知識和技能。③弦歌：音樂。洗爵：主人清洗酒器後再斟酒獻客，這是古代鄉射、鄉飲酒時在庠序所行的一種禮儀。《詩經·大雅·行葦》：「洗爵奠斝。」鄭箋：「進酒於客曰獻，客答之曰酢；主人洗爵酬客，客受而奠之，不舉也。」爵、斝，皆爲酒器。④舉措：舉止動作。⑤祭祀、鄉射、養老之禮：古時在學中舉行的三種禮儀。祭祀，指祭神和祀祖。鄉射，古代的一種射禮。養老，古代尊養老人，給他們享以酒食的一種禮制。⑥進材：推薦才能之士。材，同「才」。論獄：判決獄訟之事。授捷：出征而返，以所割敵人的左耳祭告於先聖先師。⑦從事：這裏指辦事的能力。⑧不率：不遵從。⑨性：本性。用學習來恢復人之善良本性（儒家孟子一派主張「性善」說）。⑩邪僻：不正派，不正當。⑪語默：即「應對」之意。⑫堂戶之上：家門之內。意爲坐在家中，足不出戶。⑬四海九州之業：指天下大業。⑭履：實踐。⑮大體：大事，原則。⑯斯須：須臾，頃刻。⑰四支：四肢，支，同「肢」。⑱要：約束。⑲措：放置，擱置。⑳三公：指輔佐君主掌握軍政大權的最高官員。周代以太師、太傅、太保爲三公。西漢以大司馬、大司徒、大司空爲三公。東漢改大司馬爲太尉，與司徒、司空爲三公。唐宋時三公已無實權，僅袛虛銜。這裏泛指最高大臣。㉑三代：指夏、商、周三代。㉒肆：放縱。㉓樸茂：樸實厚重。㉔宋興幾百年：從宋太祖建隆元年（九六〇）到宋仁宗皇祐元年（一〇四九），將近一百年。㉕「慶曆三年」以下三句：《宋史·職官志》載：「慶曆四年，詔諸路、州、軍、監各令立學。學者二百人以上許更置縣學。自是州郡無不

有學。」但當時宜黃縣的學生人數不足二百，所以不能立學。慶曆：宋仁宗趙禎年號。慶曆三年，即公元一〇四三年。㉖釋奠：古代學校的一種典禮，設置酒食以祭奠先聖先師。《禮記·文王世子》：「凡學，春、官釋奠於其先師，秋、冬亦如之。」又曰：「凡始立學，必釋奠於先聖先師。」㉗皇祐元年：即公元一〇四九。皇祐，宋仁宗趙禎年號（一〇四九—一〇五四）。㉘會：當，值。令：縣令。㉙賦：徵斂，取。羨：有餘。㉚積：累積。區：區域，這裏指面積。㉛序：堂的東西牆。《爾雅·釋宮》：「堂東西牆謂之序。」㉜其像，孔氏而下從祭之士皆備：《文獻通考·學校四》：「宋初增修先聖及亞聖十哲塑像，七十二賢及先儒二十一人，皆畫像於東西廊之版壁。」㉝百氏：百家，指諸子。翰林子墨：這裏代指文人。《漢書·揚雄傳》：「雄上《長楊賦》，聊因筆墨之成文章，故藉翰林以爲主人，子墨爲客卿以風。㉞相基：選擇地基。會作：會合匠作。㉟有司：主管官吏。㊱唱：同「倡」，提倡，倡導。㊲教肄：教學。肄，學習。㊳「教化之行」以下三句：語本《禮記·中庸》：「道不遠人，人爲之道而遠人，不可以爲道。」遠，這裏作動詞用。

譯文 古代的人，從二十五家的閭里直到天子的國都，都設有學校。從幼年到成年，都沒有離開過學堂。他們所學的課目有《詩經》、《尚書》及禮、樂、射、御、書、數六藝，從弦樂歌誦奏到清洗酒器，一切如俯察和仰視的儀容，登堂陞座、降階迎賓的禮節，用來訓練他們從內心到形體、耳朵、眼睛、手足的舉止；還有祭祀、鄉射和養老的禮儀，使生徒們學習恭謹謙讓的美德；再用如

何薦舉人材，評論德行，以及掌握刑獄、出兵獻捷的方法，來培養他們處理國家事務的能力。老師學友解答他們的疑問，獎勵懲罰用以勉勵他們的長進，防止他們隨意放肆而爲，學校所以設置了這麼多完備的科目。而學校的要旨，就是務必使每個人注重修身養性，不單是爲了防止邪僻和放縱的行爲。人們的性格雖然有剛強、柔弱、慢性、急性的不同，但都可以達到不偏不倚的中庸之道，沒有過頭或不及的地方。使生徒們見識明察，生氣就充滿於他的心中，那麼把這些用到對事物的進退、言說或沉默的時刻，就沒有什麼不合適的。面對着禍福、生死等變故，沒有什麼足以動搖他的意志。作爲天下的讀書人，所以要修養自己身心使之完備如此。於是又要使他們懂得天地事物的變化，古今治亂的規律，以至於政治措施的增減廢興，辦事程序的先後始終這些施政要領，沒有不知道的。他們閑坐在高堂之上，而四海九州的大事，萬世流傳的策略，卻都能夠掌握到。等到他們走出家門，擔負起治理天下的重任，站立在朝廷百官的行列中，就會隨心所欲地施展才能，沒有什麼辦不到的事情。這是爲什麼呢？這是他們平時勤學好問的結果啊！

原來凡是人的起居飲食、一舉一動等生活小事，以至於修身齊家、治國平天下等國家大事，都是從學習中訓練出來的，一刻也離不開學校教育。在耳目四肢上表現出來的各種行動，還必須使它與內心活動結合起來，做到表裏一致；起初能謹慎對待的事情，還必須使它貫徹到底，做到始終如一。按內在規律加以訓練，并要求它持續長久。唉，考慮得多麼周到啊！因此，形成了良好的風氣，

刑罰就可以擱置不用；造就成優秀的人才，三公百官就有了後備力量；建立起永久的法式，中等人才也可以守住太平；教育的效果深入人心。那麼，即使經歷政治衰敗的時代，也不會有叛逆作亂。辦教育能達到這種最高境界，就會使天下人受到很大鼓舞，人們就會不知不覺地追隨朝廷的教化，難道還用得着費大氣力嗎？

夏、商、周三代衰亡以後，聖人的教育制度都遭到了破壞。一千多年之間，雖然還有保存下來的學校，但也不是古代的樣子。因而人們的性格修養和舉止行爲，祇是任憑他們去自我放縱；至於處理政事、管理百姓的治國方略，肯定也不堅持講習了。學生們中有聰明、淳樸等美好的品質，卻得不到好的教育和培養，當然不能成爲有才能的人。用沒有經過學習、沒有成材的人，去擔任治理天下的官吏，并且是在社會風氣敗壞以後，去管理沒有受過教育的百姓。唉！仁政之所以不能實行，盜賊和觸犯刑法的事件所以日益增多，難道不是這個原因嗎？

大宋建立已經將近百年了。慶曆三年，皇帝籌劃當代的大事，把興辦學校放在首位，於是天下的學校才能夠建立起來。但在這個時候，撫州宜黃縣還是沒有學校。想讀書求學的學士們，都一同寄宿在州學裏，大家聚集在一起講習學問。第二年，天下的許多學校又停辦了，學生們也都四散離去。但春秋祭祀先聖先師的活動，既然已規定在法令上，於是人們祇好常常在廟裏祭祀孔子，而孔廟又沒有再加修理。皇祐元年，適逢縣令李詳君到任，這才討論起辦學的事。而宜黃縣的學士某某和他的同伴們，都以爲能在這裏發憤讀書了，無不互相勉勵，急忙去參加建校的工作。因此，建築材料沒有徵收還有多餘，工匠未經徵召就有很多。學校建成了，共計建築面積若干，而門戶牆壁都符合設計位置，講習學業的課堂，以及學生們休息的宿舍都具備了。共計教學設備的數量若干，用來祭祀、飲食、睡覺、寢息的設施都很齊全。先聖先儒的塑像和畫像，從孔子以下到陪同祭祀人預備得都很完備。教學用書，從經史百家的著作到詩辭歌賦，都不必到外面去找。建校從勘察地基、集合工匠，到建成學校的整個過程，總共祇有若干天而已。這是多麼周密而又迅速啊！

當各地的學校剛停辦的時候，按照主管官員的意見，堅持認爲學校停辦是因爲人們內心不樂意辦教育。現在看看這座學校的興建，正是在許多學校停辦幾年後，祇是由縣令提倡了一下，全縣四面八方的人就熱烈響應，積極謀劃，唯恐錯過機會。那麼，說人們不願興辦學校，難道真是那樣嗎？

宜黃縣的學者當中，本來有很多優秀的人才，而李君擔任縣令以後，推行威嚴的法令，樹立起仁愛的聲譽，清理了訴訟案件，舉辦起利民的事業，政治措施又很開明。作爲一個賢明的縣令，能順應當地追求學問、發憤讀書的風氣，修建學舍、寢室和各種教學、學習的場所，以至於教學所需要的各種圖書和器物，力求應有盡有，用以培養優秀的人才。雖然古代距離現在已經很久了，但是聖人的經典著作還存在。他們的言論還可以考知，他們辦學的方法還能夠找到。可以讓大家一起學習，把它們弄明白。古代的禮儀、音樂和各種舉止規矩的詳細情況，確實不知道怎麼做的了。至於像正心修身、治國平天下的大事，那就在於自己努力進取就是了。假如一個人的品行修養好了，就可以把它推廣到本鄉本族，這樣會在全縣形成良好的風氣，人才就涌現出來了。政治教化的影響，道德聲譽的獲得，與人們距離并不遙遠，大家能不努力嗎？

宜黄縣的學士前來請求我說：「希望您給我們寫一篇學記。」所以我就寫了這篇記。這一天正是十二月某日。

戰國策目錄序

題解 《戰國策》是先秦縱横家們游説活動的記錄，由漢代劉向整理、校訂而成。此書流傳到北宋已有散佚，由曾鞏校勘補正後，成爲今本《戰國策》。

文章首先對《戰國策》校訂之事加以交代説明，繼以簡潔的文字，隱括劉向《戰國策目錄》的文意。接着用正反論證相結合的方法，指出劉向關於周以後天下大亂只因爲戰國時代策士「謀詐用，而仁義之路塞」所致觀點的不足，提出并闡明「法以適變，不必盡同；道以立本，不可不一」的觀點。後一部分則轉到本題，歸結到「序」，用一問一答的方式，説明《戰國策》這本書不應被銷毁。序文通篇沒有自以爲是的傲氣，也無放言高論的慷慨，祇是娓娓而談，思致明晰，節奏從容和緩，謹嚴明潔而考核精詳。

原文 劉向所定《戰國策》三十三篇①，《崇文總目》稱第十一篇者闕②。臣訪之士大夫家，始盡得其書，正其誤謬，而疑其不可考者，然後《戰國策》三十三篇復完。

敍曰：向敍此書，言周之先，明教化，修法度，所以大治；及其後，謀詐用而仁義之路塞③，所以大亂。其説既美矣，卒以謂此書戰國之謀士，度時君之所能行，不得不然。則可謂惑於流俗，而不篤於自信者也④。

夫孔、孟之時，去周之初已數百歲，其舊法已亡，舊俗已熄久矣。二子乃獨明先王之道，以謂不可改者，豈將強天下之主以後世之不可爲哉？亦將因其所遇之時，所遭之變，而爲當世之法，使不失乎先王之意而已。

二帝三王之治，其變固殊⑤，其法固异，而其爲國家天下之意，本末先後，未嘗不同也。二子之道如是而已。蓋法者，所以適變也，不必盡同；道者，所以立本也，不可不一。此理之不易者也。故二子者守此，豈好爲异論哉？能勿苟而已矣。可謂不惑乎流俗，而篤於自信者也。

戰國之游士則不然。不知道之可信，而樂於説之易合。其設心注意⑥，偷爲一切之計而已。故論詐之便而諱其敗，言戰之善而蔽其患。其相率而爲之者，莫不有利焉，而不勝其害也；有得焉，而不勝其失也。卒至蘇秦、商鞅、孫臏、吳起、李斯之徒⑦，以亡其身；而諸侯及秦用之者，亦滅其國。其爲世之大禍明矣，而俗猶莫之寤也⑧。惟先王之道，因時適變，爲法不同，而考之無疵，用之無弊。故古之聖賢，未有以此而易彼也。

或曰：「邪說之害正也，宜放而絕之。則此書之不泯，其可乎？」對曰：「君子之禁邪說也，固將明其說於天下，使當世之人皆知其說之不可從，然後以禁，則齊；使後世之人皆知其說之不可爲，然後以戒，則明。豈必滅其籍哉？放而絕之，莫善於是。是以孟子之書，有爲神農之言者⑨，有爲墨子之言者⑩，皆著而非之。至於此書之作，則上繼春秋⑪，下至楚漢之起⑫，二百四十五年之間⑬，載其行事，固不可得而廢也。」

此書有高誘注者二十一篇⑭，或曰三十二篇。《崇文總目》存者八篇，今存者十篇。

注釋

①劉向（約前七七—前六）：字子政，本名更生，沛縣（今江蘇沛縣）人。西漢經學家、文學家、目錄學家。著有《列女傳》、《新序》、《說苑》等。②《崇文總目》：宋代國家藏書的目錄，藏書處在崇文館，故稱。闕：通「缺」。③塞：堵塞。④用：施行。⑤殊：大。⑥設心注意：居心用意。設，置。注，措。⑦蘇秦：字季之，戰國時東周洛陽人，以游說著稱。曾說齊、楚、燕、韓、趙、魏六國合縱以攻秦。後客於齊，爲齊大夫刺殺。商鞅：戰國時衛國人，亦稱衛鞅，姓公孫，好刑名法術之學。相秦孝公，定變法令，封於商，因號商君。孝公死，惠王立，被車裂而死。孫臏：戰國時齊國人，孫武的後代，著名軍事家。曾與龐涓一起學習兵法。後來龐涓爲魏惠王將，嫉妒其才，將他騙到魏國處以臏刑。後孫臏被齊使密載回齊，爲齊威王軍師，大破魏軍，龐涓自刎。吳起：戰國時衛國人。善用兵，爲魏文侯將，文侯死，遭疑逃奔楚國，相楚悼王，實行變法。悼王死，宗室大臣作亂，被殺。李斯：楚國上蔡人。戰國末入秦，輔佐秦王嬴政兼并六國，統一天下，官至丞相。秦始皇死後，與趙高合謀矯詔立胡亥爲二世，後爲趙高所害。⑧寤：通「悟」，醒悟。⑨神農：傳說中的古代三皇之一，又稱炎帝。相傳他始作耒耜，教民務農，又嘗百草，教人治病。⑩墨子：名翟，春秋戰國之際的思想家，相傳原爲宋國人，後長期住在魯國。提倡「兼愛」之說，其所創學派被稱爲墨家。⑪春秋：書名，我國最早的編年體史書，相傳爲孔子編定。記載了魯隱公元年（前七二二）至魯哀公十四年（前四八一）二百四十二年間的歷史。⑫楚漢之起：公元前二〇六年，秦亡後，項羽自立爲西楚霸王，封劉邦爲漢王。雙方自此爭奪天下五年，最後項羽兵敗自刎。史稱楚漢之爭。⑬二百四十五年：春秋末至楚漢之起約二百七十餘年，這裏是約略言之。⑭高誘：東漢涿郡（今河北涿州）人。曾注《戰國策》、《呂氏春秋》和《淮南子》等書。

譯文　劉向編定的《戰國策》共三十三篇，《崇文總目》稱缺失十一篇。我訪問了許多讀書人的家，才把這部書搜集齊全，并且校正了其中的謬誤，而把無法查考的問題存疑，這樣《戰國策》三十三篇便又完整了。

序言曰：劉向在評述這部書時，認爲西周的開國祖先，政教風化英明，治國制度完善，所以天下大治；到後來，各國采用陰謀欺詐的權術，堵塞了推行仁義的道路，所以天下大亂。這個見解已經很高明了，但最後又說這部書中記載的陰謀詭計是戰國時的謀士們揣摩當時各國君主能夠實行的事情，而不得不那樣做的。這個結論，可以說是受了流行習俗的迷惑，對自已的見解缺乏堅定信念的表現。

孔、孟的時代，距離西周初年，已經過了幾百年，西周的舊制度已經不存在，舊習俗也已消失很久了。孔子、孟子這才獨立闡明古代先王的政治理論，認爲這是不可改變的基本原則，難道強迫天下的君主去做後代不可能做到的事情嗎？也衹不過是想根據所生活的歷史時代，所遇到的形勢變化，制定當代的政治制度，讓大家不要丟掉古代先王安邦定國的基本原則罷了。

二帝三王治理國家的時候，形勢變化確實很大，政治制度確實各有不同，但他們治國平天下的基本原則，無論前後始終，都沒有什麼不同。孔子、孟子的政治主張，不過如此而已。制度，是用來適應形勢變化的，不必完全相同；理論，是用來確立基本原則的，不能不保持一致。這是一個不可更改的眞理。孔子、孟子堅持這個眞理，難道是喜好標新立异嗎？衹要能不苟且隨便就行。這就可以說是不受流行習俗的迷惑，而對自已的見解有堅定信念的表現。

而戰國時的游說之士卻不這樣。他們不知道先王的政治理論值得堅信不疑，卻以自已的見解容易投合各國君主的需要爲樂。他們的居心用意，衹是僥幸地搞一些權宜之計罷了。因此，鼓吹詐術的方便，卻隱瞞它的失敗；誇大攻戰的好處，卻掩蓋它的後患。他們一個接一個提出的權宜之計，都有點小利，可是抵不上它的危害；都有一點收獲，可是抵不上它的損失。最後發展到蘇秦、商鞅、孫臏、吴起、李斯一流人，都因此喪失了性命。而重用他們的各國諸侯和強大的秦國，也都亡了國。他們給後代造成的大禍已經很清楚了，可是一般人還對此沉迷不悟。衹有古代先王的政治理論，能適應時代的變化，據此而制定的政治制度雖然各有不同，但是考究起來沒有毛病，使用起來沒漏洞。因此，古代的聖君賢臣，從來沒有人放弃古代先王的政治理論改而采取縱横家的權宜之計。

有人說：「既然邪說危害正道，那就應當把它們完全廢弃并徹底禁絕。可是這部書還沒有銷毁，那樣可以嗎？」我回答說：「君子禁止邪說，堅持要把邪說的謬誤之處向天下人說明，使當代的人都知道邪說爲什麼不可以聽從之後，再加以禁止，這樣就會統一大家的認識；使後代的人都知道邪說爲什麼不可以實行之後，再去引以爲戒，這樣就會取得明確的看法。難道一定要銷毁他們的書嗎？」廢弃并禁絕邪說的辦法，沒有比這更好的。因此，孟子書上就有研究神農說的言論，還有研究墨子學說的言論，他都記載下來，并予以駁斥。至於這部《戰國策》的寫作，上接春秋末年，下至楚、漢建立，在前後二百四十五年之間，記載了各國縱橫家的行踪和事迹，實在是不該廢弃的。這部書有高誘的注本二十一篇，有人說是三十二篇。《崇文總目》保存八篇，現存十篇。

越州趙公救災記

題解 作者通過對一次救災全過程的記述，歌頌了一位關心百姓疾苦的清官趙抃，也為我們留下一份古代救災活動的翔實記錄。文章以寫實手法，依次敘述了趙忭在災前的調查和準備、救災措施、事必躬親的踏實的工作作風和救災所取得的成效和影響。最後借歌頌趙忭其人其事，抉發大義，推及天下和後世，點明「荒政可師」的主旨，深化了文章的主題。

備災救災之事，本是紛繁雜亂，頭緒眾多，但作者卻寫得不枝不蔓，細密周詳，重點突出，條理清晰。明代茅坤評此文說：「趙公之救災，絲理髮櫛，無一遺漏，而曾公之記其事，亦絲理髮櫛，而無一不入於機杼，及其譽總。救災者熟讀此文，則於地方之流亡如掌股間矣。」（茅坤《唐宋八大家文鈔·曾文定公文鈔》卷八）

原文 熙寧八年夏①，吳越大旱②。九月，資政殿大學士、右諫議大夫、知越州趙公③，前民之未饑，爲書問屬縣：災所被者幾鄉？民能自食者有幾？當廩於官者幾人④？溝防構築⑤，可僦民使治之者幾所⑥？庫錢倉粟可發者幾何，富人可募出粟者幾家⑦？僧道士食之羨粟，書於籍者⑧，其幾具存⑨？使各書以對而謹其備。

州縣吏錄民之孤、老、疾、弱，不能自食者二萬一千九百餘人以告。故事，歲廩窮人，當給粟三千石而止。公斂富人所輸⑩，及僧道士食之羨者，得粟四萬八千余石，佐其費。使自十月朔⑪，人受粟日一升，幼小半之。憂其眾相蹂也，使受粟者男女异日，而人受二日之食。憂其且流亡也，於城市郊野爲給粟之所，凡五十有七，使各以便受之⑫，而告以去其家者勿給。計官爲不足用也，取吏之不在職而寓於境者，給其食而任以事。不能自食者，有是具也⑬。

能自食者，爲之告富人無得閉糴⑭。又爲之官粟，得五萬二千余石，平其價予民。爲糶粟之所凡十有八，使糴者自便如受粟⑮。

又僦民完成四千一百丈，爲工三萬八千，計其傭與錢，又與粟，再倍之。民取息錢者，告富人縱予之，而待熟，官爲責其償。棄男女者，使人得收養之。

明年春，大疫。爲病坊⑯，處疾病之無歸者。募僧二人，屬以視醫藥飲食，令無失所。時凡死者，使在處隨收瘗之⑰。

法，廩窮人盡三月當止。是歲盡五月止。事有非便文者，公一以自任，不以累其屬。有上請者，或便宜⑱，多輒行。公於此時，蚤夜憊心力不少懈⑲，事細巨必躬親，給病者藥食，多出私錢。民不幸罹旱疫⑳，得免於轉死；雖死，得無失斂埋，皆公力也。

是時，旱疫被吳越，民饑饉疾癘死者殆半㉑。災未有巨於此也。天子東向憂勞，州縣推布上恩，人人盡其力。公所拊循㉒，民尤以爲得其依歸。所以經營綏輯㉓，先後終始之際，委曲纖悉㉔，無不備者。其施雖在越，其仁足以示天下；其事雖行於一時，其法足以傳後。蓋災沴之行㉕，治世不能使之無，而能爲之備。民病而後圖之，與夫先事而爲計者，則有間矣㉖；不習而有爲，與夫素得者，則有間矣。予故采於越，得公所推行，樂爲之識其詳㉗。豈獨以慰越人之思？將使吏之有志於民者，不幸而遇歲之災，推公之所已試，其科條可不待頃而具㉘，則公之澤，豈小且近乎。

公元豐二年以大學士加太子少保致仕㉙，家於衢。其直道正行，在於朝廷，豈弟之實，在於身者，此不著。著其荒政可師者，以爲《越州趙公救災記》云。

注釋 ①熙寧：宋神宗年號。熙寧八年即公元一〇七五年。②吳越：春秋時吳國、越國的地域，在今江蘇、浙江等地。③資政殿大學士、右諫議大夫：官銜名。知越州：越州的地方官，越州治所在今浙江紹興。趙公：即趙抃，字閱道，北宋衢州西安（今浙江衢州）人。宋仁宗景祐初年，趙抃任殿中侍御史，彈劾不避權貴，被稱爲「鐵面御史」，卒謚清獻。有《趙清獻集》。④廩：倉庫。這裏作動詞，指由官府供給糧食。⑤溝防：溝渠、堤防。⑥僦：租憑。這裏是雇傭的意思。⑦募：勸捐。⑧書於籍者：登錄在冊。⑨具存：實存。⑩斂：收。輸：上繳。⑪朔：農曆每月初一日。⑫便：就近。⑬有是具：有如此的設施。具，設施。⑭糶：賣出糧食。⑮糴：買進糧食。⑯病坊：收養病人的所在。⑰瘞：埋祭品或尸體、隨葬物。⑱便宜：方便，適宜。⑲蚤：通「早」。少：同「稍」。懈：怠忽。⑳罹：遭受。㉑饑饉：餓。疾癘：病。㉒拊循：安撫，安慰。㉓綏輯：安定。㉔委曲：周到。纖悉：無微不至。㉕災沴：災荒。㉖有間：有距離。㉗識：同「志」，記錄。㉘科條：規章。頃：很少的時間。具：完備。㉙元豐：元豐爲宋神宗年號，元豐二年即公元一〇七九年。大學士、太子少保：優禮大臣的官銜名。致仕：官員正式退休。

譯文 熙寧八年夏天，吳越一帶遭遇嚴重的旱災。九月，資政殿大學士、右諫議大夫、越州知州趙公，在百姓還未遭受饑荒之前，就下文書詢問所屬各縣：遭受了災害的有幾個鄉？百姓能夠養活自己的有多少？需要由官府供給救濟糧的有多少人？可以雇用民工修築溝渠堤防的有多少處？官府庫存錢財、倉存糧食可供發放的有多少？可以徵募出糧的富戶有多少？僧人、道士寺觀裏的餘糧，登記在冊的，實際存有多少？讓各縣都寫清情況上報知州，并且謹慎周密地作好準備。

州縣官吏登記報告，全州孤苦、年老、疾病、體弱不能養活自己的共有二萬一千九百多人。按照舊例：官府每年衹應發給窮人三千石糧米的救濟。趙公徵收富戶人家上繳的糧米，以及僧人、道士寺觀裏的餘糧，共得谷物四萬八千多石，用以補助救濟的費用。規定從十月初一開始，每人每天領取一升救濟糧，孩童每天領半升。趙公擔心領米的人太多，會擁擠造成事故，又讓男女在不同的日子領米，每人一次領兩天的口糧。他又擔心鄉民流離失所，就在城鎮郊外設置了發糧點共五十七處，讓百姓各自就近領糧，并通告大家，凡是離開自家的不發給救濟糧。估計在職官員不夠使用，就召集那些沒有實際職務而寓居在越州的官吏也給他們發放口糧，分派任務。對於不能養活自己的人，有以上措施來解決。

能夠買得起糧食的人，趙公就替他們告誡富人，不能囤積米糧；又替他們調出官糧，共五萬二千餘石，低價賣給百姓。設置賣糧點共十八處，讓百姓就近買糧，就像領取救濟糧一樣方便。又雇傭百姓修補城牆四千一百丈，費工三萬八千個，按照工作量發給工錢，又發給他們價值與工錢相等的口糧。有願意出利息借錢的老百姓，官府勸告富人借錢給他們，等莊稼成熟時，由官府責令他們償還。被拋弃的男女孩童，讓願意收養的領回家去。

第二年春天，發生了嚴重的瘟疫。趙公設立了病院，安置無家可歸的病人。招募兩位僧人，委托他們照料病人的醫藥和飲食，讓那些病人不至於失去依靠。凡是死亡的，都命令當地隨時埋葬。

按規定，遇災年給窮人發放救濟糧，到三月底就停止。這年發放到五月才結束。有不便按公文處理的事情，趙公全部自己擔當責任，不因此連累下屬官員。有請示上級的事，衹要對救災有較多的好處，大多立即施行。趙公在這段時間，早晚勞心勞力，從未懈怠，事情無論大小必定親自處理，供給病人醫藥飲食，花的多是自己的錢。百姓不幸遭遇旱災瘟疫，卻能避免輾轉流離而死；即使死了，也不會無人收斂埋葬，這都是靠趙公的力量。

當時，旱災瘟疫遍及吳越一帶，百姓遭受饑荒瘟病，死去的將近一半。從未有過比這次更嚴重的災害。皇帝望着東南方而憂慮，州縣官吏推廣皇恩，人人用盡全力。趙公撫慰百姓，百姓尤其感覺有了依靠和歸宿。他所籌劃安排的救災工作，自始至終，曲折周到，細致詳盡，沒有不考慮到的。趙公的施政雖然衹在越州，他的仁愛卻足夠昭示天下；這些措施雖然衹是一時實行，但他的方法卻足夠傳給後世。大約災害的發生，即使是太平盛世也不能避免，卻能夠預先作防備。我特意到越州采訪，了解到趙公推行的措施，很樂意把它詳細地記載下來。難道僅僅是安慰越州人對趙公的思念嗎？我是想讓那些有心爲民做事的官吏在不幸遇到災年的時候，能推行趙公已經行之有效的方法，救災的章程條例可以用不多的時間就制定好。那麼趙公的恩澤，怎麼能說是很小并且衹影響眼前呢？

元豐二年，趙公以大學士加太子少保的官銜告老還鄉，在衢州定居。他在朝居官時正直的品德、公正的行爲，爲人處世的平易近人的作風，就不贅述了。衹記述他值得效法的救災措施，寫下這篇《越州趙公救災記》。